海里岸上

林森 著

长篇

天津出版传媒集团
百花文艺出版社

图书在版编目（CIP）数据

海里岸上 / 林森著. -- 天津：百花文艺出版社，
2020.6
(百花中篇小说丛书)
ISBN 978-7-5306-7906-7

Ⅰ. ①海… Ⅱ. ①林… Ⅲ. ①中篇小说-中国-当代
Ⅳ. ①I247.5

中国版本图书馆 CIP 数据核字(2020)第 088481 号

海里岸上
HAILI ANSHANG
林森 著

出版人：薛印胜 选题策划：汪惠仁
编辑统筹：徐福伟 责任编辑：齐红霞
装帧设计：任 彦 营销专员：苏 依
出版发行：百花文艺出版社
地址：天津市和平区西康路 35 号 邮编：300051
电话传真：+86-22-23332651（发行部）
+86-22-23332656（总编室）
+86-22-23332478（邮购部）
网址：http://www.baihuawenyi.com
印刷：山东临沂新华印刷物流集团有限责任公司
开本：700×980 毫米 1/32
字数：44 千字
印张：4.25
版次：2020 年 6 月第 1 版
印次：2020 年 6 月第 1 次印刷
定价：28.00元

如有印装质量问题，请与山东临沂新华印刷物流集团有限责任公司联系调换
地址：山东省临沂市高新技术产业开发区新华路 1 号
电话：(0539)2925659 邮编：276017

林森 / 作者

作家,《天涯》杂志副主编。主要著作有小说集《小镇》《捧一个冰椰子度过漫长夏日》《海风今岁寒》《小镇及其他》、长篇小说《关关雎鸠》《暖若春风》《岛》、诗集《海岛的忧郁》《月落星归》、随笔集《乡野之神》等。曾获茅盾文学新人奖、人民文学奖、百花文学奖、华语青年作家奖、北京文学奖、长江文艺双年奖、中国作家鄂尔多斯文学奖、海南文学双年奖等奖项;作品曾入选收获文学排行榜、中国小说排行榜、《扬子江评论》文学排行榜等。

岸上

午后三点半，老苏搬着条凳到家门口不远处的木麻黄林中，开始他一天中最惬意的时刻。木麻黄林里吹过来的海风，裹着浓重的腥臭味。这种味道好像能腐蚀一切，海边人家的门窗，若非擦拭上厚厚油漆，就会在其摧枯拉朽之下，锈迹斑斑。有的人锁上房门离开半年，回家时，阳台、窗户的防盗网就会在海风的揉捏下，碎成满地锈渣。唯一能抵御海风侵蚀的，只剩下海边生长的植物，尤其是木麻黄。木麻黄在海风的梳理之下，针叶根根分明，好像是浮动在空中的有形光线。老苏的工具不复杂，不过是木工用的小斧头、凿子等，加工对象是一块木麻黄树的老根。两年前的那场超大台风，让靠海的地方满眼狼藉，风过后他走在残枝断干的木麻黄林里，内心滴血。一棵被风连根拔起的木麻黄树绊倒了他，爬起后，他望着那团盘根与错节，心有所动。几天后，他借来锯子、斧头，把老树根截断，搬到院子里放着。老树根在院子里放了快两年，他还没动手，在此期间，他买了木工工具，在很多小玩意儿上练手。真正对老树根动刀，是在大半个月前——他觉得，可以开始了。

他把交错的根须全都除去，剩下光滑的木块。他学会了用铅笔、量角器、尺子等，还开始画图——那是一艘船的造型。他每天下午带着树根和工具来到木麻黄林里，想把那艘记忆中的船，以缩小的方式，用一整块树根雕刻出来。他并不急于完成，每天在这片树林里的时光，是独属于自己的。阳光仍然猛烈，海面吹过来的风是有重量的，但从此时到傍晚，风会越来越凉快。他刻几刀，就停下来，抽一根烟。收拾回家之时，地上丢了半包烟的烟头。他其实很少坐到暮色起，而是在接近五点左右收拾整齐，到镇上的茶馆里喝杯下午茶。镇子和渔村挨着，是海南岛上最著名的一个渔港，多少年来，一代代“做海”的人，从这里扬帆航向广袤的中国南海。穿过村头往北就是港口，但他步子很急，不敢多看那个他离开、回来无数遍的海港。他已经很久没有机会到海上去了。

茶馆里人声鼎沸。说话的人为了压住杂音，只能把声音喊得更高——人人都在嘶喊，却连对面的话都听不清。老苏还是听到了一些，大概是关于这座小镇的。小镇近些年已经完全变样了，早先那个落魄、凋敝甚至可以说被某种悲伤笼罩的港口，显示出某种迸发、昂扬的新面貌，高楼快速建起，还修建了海洋工艺品一条街，引来不少游客。街角那家店，据说生意最好，老板早已是千万身家了。但有人觉得发展的速度还不够快，还得提提速——提速最好的办法，是得到上级部门的重视。

其实，镇里在出台方案时，问过老苏意见的。他在会场听着，只是听，一言不发，被问急了，就说："我不出海多年了，脑子又坏了，这些东西，哪懂？"后来证明，他的沉默让他保留了一些脸面——和他年纪差不多的老渔民阿黄，中气十足地提了几十条建议，条条言之有据，没一条被采纳。最终的方案，是北京一个文化公司的三个九〇后设计师拍着脑袋做出来的，眼尖的人，可以看出《海贼王》和《加勒比海盗》的气息。但不管怎样，这镇子算是焕然一新了。各级领导在镇上的行程，通过电视、报纸、网络等媒体的报道，把镇子推到了全国人民面前，给小镇带来了很多陌生的面孔。

领导考察之后，镇里尊重阿黄，给他写了一封信，感谢他为小镇的发展建言献策。阿黄把那封信摔在老苏面前，脸变成了彩光灯，各种颜色交替闪耀。老苏说："阿黄，消消气，你也活这么久了，气还这么大？该提的建议你也提了，人家感谢信也给你写了，你还气什么？吃茶，吃茶……"

"我们这些人，就该死在咸水里，不该留下来见这个！"阿黄再拍桌子。

"吃茶，吃茶！"

阿黄不作声了。

老苏年轻时出海，和阿黄从未同船过，但他听过阿黄的勇猛之事。阿黄的水性好到在海里就正常、上岸就发晕，他曾说过，把他四肢捆绑丢到海里，他仅靠耳朵根、舌尖划水，也能安然无恙回到渔村。但阿黄却是同一辈人里最先走下渔船的，五十五岁一过，就浑身不适，海风一吹便骨头痛——据说是他泡在水中的时间过长，寒气侵入了骨头深处。这事也让阿黄在同辈人面前抬不起头，凭什么那些家伙比我在船上多待十几年？他还变得神经敏感，一看到别人低头说话，就觉得是在暗中嘲笑他，脾性愈加暴躁。一暴躁，身上一些关节就发痛，又得压抑着，压出一肚子闷气。他是一名自恨没有死在海中的好水手。

阿黄去木麻黄林里看过老苏的雕刻。他前前后后细细看了十多分钟，越看眼睛越发红，他说："你在刻那艘船啊？你在刻那艘船啊……"老苏取出一根烟点着说："你能看出是哪条船？渔船不都长一样嘛！"阿黄摆摆手说："哪里一样，不一样，我知道的，你刻的，就是那艘船。当年要不是我运气好，生了一场病，没赶上出海，我也随着这船，死在南海了……我该死在海里的……我觉得我是偷生的人，这些年都是偷偷活下来的。晚上睡着，骨头缝里，海风直接穿过去，把人都打散了……"

老苏拍拍阿黄的肩膀说："这真不是给你刻的，我哪知道你心里想着啥，我给自己刻的。闲得慌，手不动一动，人就傻了。”

阿黄也拍拍老苏的肩膀说：“你还会刻这好东西，我也有一件宝贝，藏着没给任何人看，来来来，你跟着我，带你去看看！”

“不去，不去。你能有什么好东西。”

海里

“出海的人，永远不能喝酒，否则你总会在醉后淹死在水里。”数十年前，老苏的父亲在老苏上船之前，已经无数次这么警告过他。老苏当然是懂得水性的，他三岁的时候，已经能独自在海面划游，在大人们的笑声中玩潜入水中又浮起的游戏。这不算啥，哪个渔家孩子不这样呢？但近海划游与登上渔船出征远海，是两回事。出海，是男人的事，岸上是属于女人的。风浪和噩运，被男人的身躯挡住，女人们则要面对难熬的等待和寂寞的无眠。

出远海之前，老苏所有关于海的记忆，都跟黄昏和月夜有关。

黄昏是酸楚的。通信不发达的很多年里，等待是唯一的联系方式。女人们每到黄昏，就会在岸边的木麻黄树和椰子树下遥望大海，希望铺满黄金的水面上，出现一个黑点。黑点逐渐变大，变成她们的男人以及船舱里的鱼虾。这样的等待，有等到的欢喜，也有颗粒无收的失望——有时是绝望，出海的男人和那艘船，永远留在某一次风浪里了。月夜则是欢腾的。当月夜下有人，说明渔船已安然回来，女人们悬着的一颗心，暂时回归原位。渔获从船上被卸下，在月光下，鱼虾蟹闪耀着奇特的光泽。有些竟然是透明的，月光穿过鱼虾的身体，散发着晶莹的光。这是小孩子的节日。

老苏十三岁第一次上船。父亲是在出海的那天早上，才告诉他这个消息的——若提前告诉，怕他过于兴奋，睡不好，影响在船上的状态。船离开岸边的时候，老苏陷在兴奋里，不去看岸上老人和女人的挥手。船驶向碧蓝深处，兴奋很快化为乌有。四望全是一样的，只有水天，只有单调到花眼的碧蓝色，航向掌握在父亲手里、心中。船行半天之后，老苏已经把该吐的都吐出来了。船员上前帮他捏肩捏背，被父亲喝止了："才刚开始，后面两个月都要在水上，怎么受得了？让他吐！"

父亲不理在船上打滚的他，只顾观看太阳，对照着手中的罗盘，有时会从怀里掏出一个被布裹得严严实实的小包，打开那本纸张灰黄的小册子。那么多年了，识字不多的父亲，已经能把册子上的文字背下来了，可海上航行，马虎不得，还是得拿出来印证一下记忆。小册子上，写着这片海域所有的秘密。翻滚到肚子疼，翻滚到口腔泛酸、泛苦，翻滚到无力呻吟。父亲还是不理他，也不让船员过去。

傍晚时，海面平静，有人给父亲换手，父亲把罗盘交到那人手中。父亲下到船舱里，用毛巾蘸了一点淡水，递给他。他接过毛巾时，手是发抖的，可他眼中的恨意并未消减。父亲淡淡地说："要出海，这一关得熬过去，谁也帮不了你。海风吹了一天，你用毛巾擦擦脸、擦擦裤裆。风咸，不擦会烂掉。”握着父亲递过来的湿毛巾，他发抖的手抬都抬不起来了。父亲伸手扶住他的后背，用力在他肩膀一捏，又抢过毛巾，盖在他脸上。毛巾掀开，好像揭开了一层厚厚的海盐面具，脸上一阵凉意。父亲把毛巾塞进他裤裆，他挣扎而起，呕吐到一动肚皮就刺痛也不管了，推开父亲的手，自己擦着裆部——淡水少，不能洗澡，这是唯一要优待的部位。

这一趟出海，父亲没给他安排捕捞的活计，只任他在船上不停地呕吐，只任他学会在海上的第一件事——习惯晕船。

岸上

老苏生了两男一女，女儿是老二，嫁到别的县去了。老三读完大学，没有回海南岛，留在上学的那座城市，成了市民，虽然时不时会在电话里说想念家里的海鲜什么的，但他每年回来的次数是越来越少，他的小孩已在那座城市上幼儿园了，老苏也只见过一回，语言也不通——终究和自己、和这片海没什么关系了。距离最近的是大儿子，就在镇上经营着一间铺面，卖的是砗磲贝加工成的工艺品，还和海水相关，但他已经不出海了，只是从人家手中进货、卖出而已。海上的生活太辛苦，老苏自然不愿儿孙们再继续走自己的路，可……想到祖先多少代人以海为田，儿子这辈却远离了，老苏还是会涌起一阵阵怅然。父亲从祖父那里接过《更路经》和罗盘，后来传给自己，自己要递出时，眼前空荡，没人接手。

大儿子在镇上建了四层楼，叫他去一起住，热闹些，他说："住不惯。"倒也不是住不惯，只是老家若是没人看着，几个月后回来，家里的一切估计全都锈成粉末了——只有人的目光，能保护家中一切物品抵御海风的侵蚀。

这一天，大儿子到木麻黄林里找他，在旁边静静地看着，等着他把一天的雕刻任务完成。望着那一地烟头和被挖下来的碎屑，大儿子默默地帮着父亲搬椅子、锯子、斧子。

老苏问："有事？"

"不就是想回来跟你喝两杯嘛！爸，你不愿到镇上跟我们住，我不放心你。"大儿子笑了。

"别绕弯弯。"

大儿子不再嬉笑，他说："爸，你也知道的。还是那事，正式通知已经下达了，砗磲不让卖了，我的钱全压在里面，若是这些货出不了手，我下半辈子全丢进去，也还不了人家的钱……”

“当初我就跟你说过，这东西不能卖，你偏不听，怪谁……”

“谁料到会这样？当时镇上的店铺都卖，也不是我一家。何况当时镇上也是鼓励卖的，一艘艘船远赴南沙、西沙，把砗磲捞回来，有厂子加工，我们不卖，别人也要卖啊，发财的人多了去了。前两年上头领导来，镇上不也还卖着？若不是你当年挡着，我早点进去，早赚到大钱了。我进去太晚，你看，才搞了一年多，又说不让捞、不让卖了，这不搞死人嘛。”

“砗磲是海底的灵物，你们捞上来卖，这是什么？出海的人，不干这种事的，你们……我早讲了，这事不能持久的。”

“爸，这时再说这个，没用了嘛，我就是想把损失减到最小。”

砗磲加工产业在镇上发展了四五年，大批人以此为生，镇里也曾出台相关规定鼓励砗磲加工产业的发展，可最近，省内出台了《珊瑚礁和砗磲保护规定》，要求两个月后，禁止对南海砗磲的开采、加工，这使得兴盛了四五年的小镇，陷入一片哀号。禁卖时间快要到了，那些囤货多的，忙着要把货出手，买家手头捏着钱，就是不愿说个爽快话，砗磲价格一路下跌。老苏的大儿子看着堆在库房里的货，倒数着禁卖的时间，急出了通红的双眼和满口腔的溃疡。

“你想怎么办？我又不认识什么老板，哪有本事帮你把东西卖出去。”

“爸，其他的事，你别管。有个记者朋友，姓宋，他听说你是老船长，通过朋友找到我，想来采访采访你。我知道，妈过世后，你现在越来越不愿见人——连我们这些子孙都不想见了——你也不愿谈那些船上的事,但我不是没办法吗?宋记者说了,他认识一些想收砗磲的老板,你就配合他做一下采访,他认识的人多,后面他给我介绍点生意……”

“就是说说话?”

“就是说说话!”

宋记者在三天后来到渔村。大儿子安排他跟老苏相见后,就急匆匆返回镇上去了,有人打电话给他,说要去看货。宋记者三十多岁,矮墩墩的,几部相机挂在脖子上,简直要把他压趴下。腰间的包里装满各种镜头,显得他更矮了。他说:“您忙自己的,我先拍拍照。”老苏只好在木麻黄林里,雕刻着自己的那艘船。在老苏的雕刻下,船的造型已经显现,他正在专注的是那些细节,他要刻出船身上的纹理和气息,他还想刻出海水在渔船上留下的斑驳感。宋记者把相机镜头靠近木船，拍下了木屑飘落的画面，也拍下老苏对着木船的凝视。宋记者对构图有着极端的敏感，他甚至觉得，是老苏的目光而不是刻刀把这艘小船雕刻成型。宋记者拍摄新闻图片，也拍摄一些永远上不了报纸的图片，他觉得，老苏是一个让他不断摁下快门的拍摄对象。

老苏一根烟接着一根烟，脸藏在烟雾后面，宋记者拍了不少他嘴角叼着烟头的照片。忙了有半个小时，宋记者说："老苏，可以拍拍你的罗盘和那本书吗？"老苏把烟头丢到脚下，鞋底一划说："你是我儿子带来的，我就直说了，罗盘你随便拍，那本书不行。你们采访有纪律，我们渔民也有纪律。不是我们小气，确实是上面来过一些领导，告诉我们，没有采访介绍信的，不能给看。我们的渔民在南海活动千百年了，这些书是我们在海上活动的证据，不能乱传。"宋记者说："我理解的，这是我的记者证，你看看，这次下来得急了一些，也没想到需要介绍信……”老苏说：“那，不好意思了！”宋记者急着说：“你看……老苏，我答应了，给苏伯介绍些生意的，我这次来，并非我个人的事，是省里的报纸，要做一期关于南海主权的专题报道。你也知道，有的国家近来跟我们在南海闹得厉害，我们拍你这本书，是要在报纸上登出，是宣誓主权的正能量行为，不会拿来乱搞的。”

老苏就沉默了好一阵说：“我信你。但得答应我，不能全拍。封面封底你可以拍，其他的，就不行了。”宋记者慌忙点头说：“好。”老苏站起身，朝院子里面走，宋记者跟在后面。院子很大，侧边小点的房子是祖屋，里面供奉着牌位。老苏时间多，又是闲不住的人，这间祖屋被他打扫得一尘不染。祖屋高处是神龛和牌位，下面是八仙桌。老苏并没有直接去取他的罗盘和经书，而是取了几根线香，燃起来，插在八仙桌上的香炉里。老苏拜了几拜，念念有词，这才走到八仙桌前，从腰间取下钥匙，插进八仙桌侧面的一个柜锁里。拉开柜子，抱出一只木盒子，老苏说："出去看。"

木盒子摆放在院子里的条凳上，呈黑褐色，已经看不出原先是什么木头了，外面刷了一层光亮亮的天那水，用来防潮。木盒并没有锁，把盖子揭开，里头还垫着一层布。布掀开，就看到了一本纸张脆黄的册子、一个古旧的罗盘。老苏正要把册子和罗盘取出，宋记者说："等等，我这样拍一张。"罗盘有一个盖子，打开后，一个圆盘被"甲寅艮丑癸子壬亥乾戌辛酉庚申坤未丁午丙巳巽辰乙卯"瓜分为二十四块，黑褐色的罗盘上，字刷着白色的油漆，指针随着罗盘在老苏手心的抖动，不断变化着方向。册子则是以毛笔字抄就、手工订成的一本书，这本书装订得不平整，书脊以一根早看不出原来颜色的线穿透、捆紧。纸张脆黄，甚至有点黑褐色——任何老旧的东西，好像都不得不被黑褐色掩盖。书的页边也有些翘起，封面上三个字歪歪扭扭——更路经。

宋记者拿着相机的手有些抖，他问："这东西，怎么用？"老苏指着罗盘说："罗盘上这二十四个字，代表各个方位，每个字之间的经纬度是十五度，转一圈是三百六十度，是整个地球，行船都要靠这个指引航向……哎，不说这个，现在没人用了，现在都用卫星导航了。这本《更路经》，得结合罗盘来用，上面记载着南海上的各个礁盘、暗沙和岛屿，记载着它们之间的距离和方向。我们以前出海，都要依照上面的记载，算好船的速度和方向，海上茫茫，得绕开礁盘和暗流；风浪来了，得依照这本经书上的记载，找到最近的小岛来躲避……总之，若没有这两样东西，出了远海，即使全程风平浪静，也会迷失方向，没法返航……唉……不说了，不说了，你拍，你拍。”老苏随手一翻，展开《更路经》的一页内文。他话一多，就忘了刚刚跟宋记者强调过的只能拍封面、封底的话，宋记者赶紧摁下快门。

老苏展开的这一页，用毛笔写着：

自大潭过东海，用乾巽驶到十二更时，驶半转回乾巽巳亥，约有十五更

…………

自三峙下石塘，用艮坤寅申，三更半收

自三峙下二圈，用癸丁丑未，平二更半

自三峙下三圈，用壬丙巳亥，平四更收

自猫注去干豆……

这一行行犹如天书般难解的文字，让宋记者头昏脑涨，他收起相机，掏出纸笔，说：“老苏，你讲些在海上的遭遇吧。听说你经历过各种惊险，跟我随

便讲点什么，我写下来，一定很吸引人。”

“讲什么？”

“什么都行。”

“渔民嘛……就那样，有什么好说呢？”

老苏把《更路经》和罗盘重新放归盒子，抱进祖屋锁好。八仙桌的抽屉关上的瞬间，老苏脑子里电光火石，闪过一些片段。南沙的气候比西沙、中沙更加变幻莫测，需要船长有真正过硬的技术。老苏带着船员，以一本《更路经》和老罗盘，躲过一次次生命中的劫难。当时的老苏和船员，每发现一个小岛礁，就做一件事：捡起岛礁上的石块，垒成一座小小的“兄弟庙”，烧香祈盼顺风顺水，行船平安。祭拜兄弟庙之风，始于明代，其时有渔村一百〇八人出海遇难，渔村之人便在海边建庙祭奠，既为招魂，也是祈愿。这一百〇八位“兄弟”的亡魂，在渔民们的纪念之中，逐渐变成了渔民们的保护神。岛礁小而荒凉，不像在渔村里，可以把庙修得高大气派，甚至在庙门上写下“孤魂作颂烟波静，兄弟联吟镜海清”的对联。几块礁石垒成的小洞，便足以安放渔民们的恐惧与不安。若是登上的是被别国侵占了的岛礁，老苏还会取出早就准备好的木牌插上，上有大红油漆文字：“中国领土不可侵犯。”来年再登岛，木牌往往不见了，只好把字刻在礁石上。下回再来，刻了字的石头，同样不见了，不知道是被海风、海水磨光还是被别国的人丢了。那些年里，捕捞不仅仅是捕捞，也是凭着一股中国人的热血，在自己的海域巡游。数十年的海上生涯，他被抓到别国蹲过监狱；也曾登陆某个小岛后，被岛上的外国驻军拿枪顶着肚子；他甚至在海上遭遇过某国士兵的持枪扫射，当时他冷静地指挥船员以装着大米的袋子堆在船舵边挡子弹，让船员躲进船舱，他依靠对罗盘、《更路经》和风向水流的谙熟于心，掌舵闪躲，没有让船员成了新的“兄弟亡魂”。他和穷凶极恶的海盗有过生死搏斗，当然也曾遭遇淡水箱破漏，喝自己的尿解渴救命……这些记忆重叠、堆积、纠缠，在祖屋里的这一瞬，搅成一团糨糊。

老苏走到院子里，宋记者递过去一根烟说：“讲讲出海的事嘛！”

“出海？”

“是呀，现在跟以前条件不一样，以前出海，很辛苦啊。”

“世上哪有不辛苦的事？对了，你知道不？以前我们出海，遭遇了不测，要怎么办？”

“遭遇不测？指什么？”

“唉，到底年轻。渔家每一次出海，都走在生死边缘。风浪大了，连人带船都找不到痕迹了，硬生生，全部吞没了，丝毫不剩啊。”

宋记者脸色严峻，取出录音笔，调到录音状态。

老苏继续讲："死在风浪里，倒还省事。有人死了，其他人找到他的尸体，水路那么远，把尸体运回来，那才叫辛苦。船在海上航行多天，尸体就摆在船上，又热又潮，腐烂得很快，你说，要怎么运回来？"

宋记者嘴角泛酸，胃里在翻滚。

"得用盐腌。像咸鱼一样，把海盐覆盖在尸体上面，吸收水汽。从不晕船的船员，也会被臭味熏得胆汁都吐出来……"

宋记者手一抖，录音笔掉落地上，他没去捡，用双手捂住嘴巴，也没能捂住胃里翻涌上来的腥臭，录音笔被秽物覆盖了。宋记者不知道录音笔坏了没有，但他知道，不用录音笔，他也会清楚地记得老苏讲出来的每一个字。

海里

从初登船到真正自己掌舵，老苏用了接近二十年。如果不是一场意外让父亲瘸了右腿，这个时间还得往后延迟。经过最初的不适期，适应船上生活之后，老苏去了别的船当船员。这是渔村的规矩，父子兄弟不能同一艘船出海，以免遭遇不测的时候，全家灭绝。在别人船上的那些年里，每次在岸上，父亲紧紧叮嘱，让他背熟那本《更路经》、学会看罗盘。对他来讲，学这两样东西比在海上晕船呕吐还难受。但又不得不学，这也不是谁想学就能学的，《更路经》版本不一，却都是各个船长的珍贵私藏。父亲手头这本，传了几代了已难以说清。在渔村的很多传说里，最初的《更路经》还与明朝的郑和船队有关，他们相信，下西洋的郑和，曾因为一场风暴，停靠在渔村，尝到了渔村最鲜美的鱼虾，并留下了一部最初的《更路经》。之后，一代代的渔村先民，用一次次惨痛的代价，完善、增补着这部小册子——这是一部附着无数海上亡灵的册子。

一位船长，不仅需要掌舵，也是一个记录者，随时记下海上发生的一切。航行路线附近的水况、最新发现的鱼群位置、岛礁的位置……甚至云层也是观测的对象。云天的变化，很少记录在《更路经》上，那是出海人一种口口相传的骨血经验。白天，可以通过瞭望水面的颜色来判断海水的深浅，判断附近是否有礁盘——有礁盘的水要浅一些，日光下，是一种翡翠蓝；没有月亮的夜里，那些经历了生死的老船长，通过云层的反光来分辨岛屿、珊瑚礁以及水下的鱼群。对于老船长来讲，每一次出航，也是验证和矫正《更路经》的过程。

父亲出海多年，在一次大风暴中，他把所有船员完整地带回来了，甚至连捕捞到的海产，也没有多少损失，但是，他付出了一条腿的代价。他严阵以待，顶住了无数次海浪的迎头碰撞，但一次的不留意，他的腿瘸了。伤好之后，父亲萌生退意，老苏很不理解，因为父亲虽然有些微瘸，但在风平浪静的时候，影响并不大。父亲很坚决，他说："你不是我，你不知道情况，但我知道。这一次放过了我，我再下海，就回不来了。"父亲立即下船，不再掌舵，家里的船交给了老苏。

老苏用了三年的时间，才摆平了自己、船员和那片海域。他指挥着航线，不仅关系到能不能满载而归，还关系到一船人的性命。在之后的好多年里，他的船大多数是满载而归的，但总免不了有失落的时候，白忙一个月，船舱空荡荡。最大的损失，当然是有人把命丢在了海里。比如说，那一次疏忽，老苏船上最好的水手曾椰子，就把命丢在海里了。看到曾椰子的身体浮出水面，船长老苏才想起父亲无数次地告诫："出海的人，永远不能喝酒，否则你总会在醉后淹死在水里。"一直到多年以后，老苏还为此惭愧、自责。

当了船长的老苏，一直严禁船员带酒上船，但还是会有些船员悄悄塞上一点，当夜色笼盖，舌尖舔两舔，躺在船板上，遥想茫茫大海尽头处渔村里的家人。若没一点酒，很多人会在咸腥的海风中，洒下饱含盐分的泪滴。

那日，天已亮，曾椰子跟老苏招呼过后，就带着氧气瓶潜到水中去了。在下水之前，老苏闻到了一丝米酒的味道，还没来得及说话，一阵水花溅起，曾椰子已在水中了。这一带是海参出没之地，而海参是此趟出海最重要的目的。老苏不停盯着手表，希望曾椰子在氧气用尽之前浮上来。老苏等到的，是曾椰子抽搐、扭动的身体，在海面上翻滚。老苏和其他船员把他捞上船来没多久，曾椰子就断气了，眼耳鼻甚至肌肤，都渗出鲜红的血。这般死法，突兀而让人惊骇。老苏没来得及细究他遇到了什么事情，就得在船员六神无主的哭声中，想好怎么把曾椰子的尸体运回渔村。

船员的作业都停歇了，他们只要看一眼曾椰子的惨状，就忍不住剧烈地呕吐。老苏让人把捆在曾椰子身上的氧气瓶脱下，解开他的衣服。又让船员到舱里取来淡水，他一点一点擦拭着曾椰子渐渐变得僵硬的尸体，一边洗，一边扇自己巴掌——他想起了曾椰子下水前他闻到的那丝酒气，想到了父亲持续多年的告诫。父亲那么多年的苦口婆心，也没能阻止惨剧的发生。洗净身体的曾椰子，比下水前瘦了一圈——老苏已经知道他是怎么死的了。

干净衣服换上，曾椰子总算有了点人样。天气炎热，在往渔村赶的过程中，要怎么保存这具尸身，成了最大的问题。船上有装淡水的桶，可太矮，没法儿把那么高的曾椰子装进去。最后，老苏让船员把一艘挂在渔船上的小船抬上甲板，把曾椰子放了进去。再把海盐取出，覆盖在曾椰子身上。海上作业，时间久，有些鱼没法儿活着运回到岸上，每艘船都备了大量的海盐，用以腌鱼。曾椰子就像咸鱼一样，被盐覆盖放在小船上。老苏让船员用铺在船上睡觉的木板，把小船盖住，曾椰子就像一具木乃伊，被封住了。再取来绳子，把木板盖住的小船死死捆住，防止一丝丝的泄漏。本来应该烧在某个海礁上祭拜一百〇八兄弟公的线香，插在小船上，被海风吹拂，烧得很快。

船全速返航。

封不住的尸臭开始渗出，起先还很微弱，后来则是汹涌而来。所有人都吐了，连喝水也变成巨大的折磨。五天四夜的漫长航行，船才回到渔村，当眼前的碧蓝中冒出椰子树和木麻黄的一线绿色的时候，老苏松开船舵，轰然倒在船头——他这几天几乎没有闭过眼。

上岸后，尸臭味几乎在他鼻孔里萦绕了一个多月。而后来很多年里，每逢压力大，老苏就会做变成曾椰子的梦……在那个梦里，氧气瓶压在老苏的身上，潜入十几米深的地方，所有的肌肤、血肉都挤压着骨头，或许，是早上的那点酒，让他失去了往日的警惕，只专注着眼前的海参。他忘了氧气瓶里的氧气已经快要用完。当呼吸开始急促，他慌乱了，忘了要缓慢升起以摆脱沉重的水压，而是一转身，匆匆往水面上射去。这一浮太快了，浑身每寸肌肤上的水压顿时消失，造成体内压力比体外大得多，血管爆裂，鲜血渗出……

曾椰子只死了一回，而老苏则在梦中，一次次这么死去，又活过来。

岸上

一个十字路口就把这个小镇的格局划定了，所有的铺面都沿着十字生长。在统一的风格之下，每家店铺都花尽心思摆放各种器物以吸引游客的目光，有的摆放着一只巨大的船锚，有的则摆放着一堆珊瑚礁，有的甚至把一艘木板深黑的小船斜放在门口……在碎碟生意无比热闹的时候，总有游客摆着各种姿势，在店铺门口立起剪刀手拍下照片，传到朋友圈。而此时，店铺依旧，却由于少了游客的光顾，平添了萧条慌乱之感。老苏大儿子的店铺在东街的中间，他找来一块石头，在上面刻出一个罗盘的模样——照着老苏的罗盘来刻的——取了一个颇为霸气的名字“望海楼”，立即有了一股在海上指挥若定的气势。

儿子的店铺半掩着门，老苏没有在儿子的店面前停留，而是直接到了阿黄家。阿黄因为下船早，也是渔村里较早搬到镇上的人，由于先发优势，他家占据了一个很好的位置，处于镇上唯一的十字路口处。阿黄当年买下的地还不小，他的房子除了铺面之外，还留有很大的一个院子。阿黄的房间在后院，即使闷热，窗子也紧闭着——阿黄已吹不得海边过来的风。他瘫坐在房里的沙发上，还裹着一条薄薄的被单，面前摆放着工夫茶的茶具，已经泡好了颜色金黄的茶水。

“会享受啊，你！”老苏说。

“我倒是想到茶店里喝，跟人聊聊天，但哪出得了门？风一吹，鼻涕就跟水龙头似的。我这病，这么久了，吊针打了好几回，也不见好……”阿黄的鼻音很重，声音沙哑。

“你这样了，还能喝茶不？”

“我不喝，泡给你喝的。我喝水。”

“我自己来，不然你传染我。”

“也不是你想传染就能传的。”

老苏拿起一小杯，一饮而尽，茶水已经没有那么烫了。阿黄等了多久呢？茶水是不是一遍遍凉透，又一遍遍再添？阿黄又裹紧了身上的被单，身子缩到软沙发里面去，他问：“过来的时候，看到镇上那些铺面了？”

“看到了，好多都清空了。”

“谁说不是呢？那些砗磲生意，我总觉得做不长久。千年万年的砗磲贝才能玉化，就这么拿来加工卖了，也是罪过啊……”

“生意人只认钱，哪懂得什么是海？我那儿子，我为这事，才不想搬去跟他住。看着那些砗磲被加工成那样卖掉，心疼啊。”

“……唉，老苏，我找你，是想跟你商量个事。这事我也犹豫了好久，我自己做不来，得你一起才行。我知道你这些年不愿意跟人打交道，不喜欢抛头露面，但这不仅仅是我们自己的事，有时也是不好推掉……”

“镇里找到你的？”

“不仅仅是镇里，还有市里，据说省里领导也很重视。刚才也说到的，镇上这些店铺不让卖砗磲，这不也是好事吗？你也不想看着南海被这么挖吧？可是，不让卖了，镇上这些人，包括你儿子，他们干吗去呢？大家总要吃饭啊，那么多人，总不能把店铺关了就算完事。有些人得分流回渔船上，也有些人得引导去做别的事，上面想在镇上发展旅游，今年渔季开始之时，想举办一个开渔节。上头问来问去，也找不到人来主持开渔节的祭祀仪式，我倒是很有心参与，但很多东西，我也不懂，我没当过船长，手头也没有一本经书和罗盘，这活儿，我是做不了，得你来啊……”

“阿黄，你有热心我知道，但那种场面，我哪里把握得了？还得是庆海爹才行，我哪懂这些……”

“庆海爹不都走了三年了嘛，去挖他尸骨来主持吗？”

老苏也哑口了。庆海爹还在时，每到开渔之前，渔村的人都会提前商量好祭拜的程序。海风灌涌的港口上，聚满渔村老少。锣鼓敲响，祷词念出，人人都点香烧烛，祭拜大海，也祭拜那些丧生在大海中的人。很多年里，庆海爹都是那个事无巨细、把握着一切流程的人，他比老苏大十几岁，是南海上最好的船长。他被当作最好的船长，并非他的船渔获最丰，而是数十年中，他的船员从未有一人把命丢在大海之中。甚至有人传说，那都是因为庆海爹熟悉祭海之俗，能够和那些海上亡灵交流，每当风暴与危险将至，他都能提前获得信息。依靠手中的《更路经》、罗盘和船舵，他把船驶向一条曲折隐秘的线路，避开了风浪，毫发无伤地返回岸上。庆海爹宣布不再继续担任船长的时候，还曾在渔村引起一阵动荡，少了这么一位定海神针式的人物，村人就慌乱了。还好，每年的祭海仪式，庆海爹还出席。庆海爹过世前五年已经行动不便，换他的儿子来主持，村民的向心力便弱了很多。庆海爹一死，仪式等于取消了，各家只在出海之前，各自烧香点烛、点燃一下鞭炮，算是走了一遍过场。

“庆海爹的儿子不还在嘛，那套流程，他懂得……”老苏说。

阿黄哼哼冷笑着说：“提那败家子？他倒是懂得照着念，但他眼中只有钱，每件事得多少钱，那是丝毫少不得的，哪请得动他？……何况，那年他为了钱，硬要把罗盘和经书卖掉的事，你又不是不知道。这样的人，哪还能找？”

“这事,应不下来,我这人,话都不会说。我还是刻刻我的木头吧……”

阿黄把裹在身上的被子一抖，滑落到地上,他站起来说:“老苏,我这身体若还可以,我还想撑着试试,硬着头皮上。实在是没办法了,开渔的时候,我还能不能站直都不好说了。我们这些老的,走的都差不多了,你不应承,还有谁啊? ”

“真不行……我再想想……”

老苏告别阿黄后,还没回到渔村,就在街角处被大儿子接到了他家里。当时他脑子一时混乱,差点被一辆摩托车撞倒,儿子从店铺里冲出来,把他往自己店铺里面拽。店铺的货架已经接近清空,地板上一片混乱。不同的袋子里,有的装着砗磲手链,有些则是打磨光滑的整块砗磲贝,还有一些是完全没有加工过的大贝壳——有些人爱在家里摆这原生态的贝壳，说那是自然的味道。几个小工忙得一团乱，绑好的袋子，分别移到店铺里的不同角落。灰尘沾满了整间店铺，老苏简直无处下脚。往店铺后面走，也是一片慌乱。这些海里的宝贝，曾让这座小镇无比热闹，此时却让整座小镇陷入慌乱。

大儿子高兴地说："爸，宋记者跟我说了，说你那天很配合。他的文章写得很好，你看，报纸也登出来了。你还没看到吧？"他从柜台抽出一份报纸，递给老苏。柜台上堆着五六寸厚的一沓报纸，都是同一期的。这是省报的一期特刊，介绍渔民与南海的故事，展开的第三版上，老苏看到了自己的照片，他捧着经书、罗盘的画面，被毫不吝啬地排了三分之一的版面那么大。还有一篇文章，是关于老苏的采访，介绍他的一些经历。老苏脑子一蒙，平日里，在报纸上出现的都是大领导、大老板，自己一个渔民，被排了这么一张大照片，到茶馆里遇到熟人，还不得被天天挂在嘴边议论？老苏立即把报纸合上了，实在不敢看报纸上的那张老脸，更不敢看记者的文字。

到了楼上坐下，儿子笑呵呵说：“爸，那宋记者是很有本事啊。他回去之后，打了个电话来，说他问到省里砗磲研究会的一位副会长，是一位书法家，也是个大老板，他胃口大，说我这里那些品相好的货，他都能拿下。你也看到，店里乱成这样，就是要把货分好，他中午要来看货。”

老苏松了一口气说：“挺好嘛，麻烦解决了。”

“是很好，是很好。其实，钱也是压在那些品相好的货里，那些差的，不值几个钱，只要这批货一出，就算是缓过来了。爸，你也在店里待着，别着急回去了，晚上咱们父子好好喝几杯……”

“我哪会喝酒？”

“那就待着，吃点马鲛鱼。爸，你就在这儿吃完饭，我开车送你回去。”

马鲛鱼……老苏吞咽了一下。海里的东西他吃了多少年，马鲛鱼是永远吃不腻的，那种鲜味，能掩盖所有的烦恼，从舌尖溢散全身，瞬间把人包裹在风平浪静的海水里。老苏有时候也会想，出海那么危险，一代代人把命丢在水里，却还要去，其实和这水中之物的味道关系极大，当舌尖触到一块煎得略微焦黄的马鲛鱼，所有海上的历险，都那么值得。

马鲛鱼……平静的海水……人泡在水中，轻轻摇晃……

老苏只能答应下来。

二楼的阳台，可以看到街面，东边不远，就是港口，渔船正在那里停靠。目前是休渔期，但离开渔已经不远，很多人已经在做着各种准备。儿子把二楼阳台改成了一个喝茶的地方，吹过来的风，让老苏有些打哈欠。他翻开报纸，从大标题里可以看出，这期特刊全是和南海有关的。近些日子那个与中国相邻的国家，在南海上折腾不已，在国际上发起了什么南海仲裁案，省内报纸搞了这么一期特刊，也是在宣誓南海的主权。特刊从专家、官员、收藏者到渔民，都进行了采访，讲述了南海的不同侧面。由于自己被刊登在第三版，老苏没啥心情去细看报纸，他叠了叠，塞进口袋，心想，他娘的，还用得着证明吗？不说别的，我们一个小渔村，这些年就有多少人葬身在这片海里？我们从这片海里找吃食，也把那么多人还给了这片海，那么多祖宗的魂儿，都游荡在水里，这片海不是我们的，是谁的？

书法家穿着一身中式衣服，脸很圆，手腕肥嘟嘟，左手戴一条粗大的砗磲手串，颜色通透而乳白；右手则是黄花梨手串，深褐色的斑纹鬼脸，好像还会眨眼。这些珠子都很大，可在他肥硕的手腕映衬下，显得很细小。书法家低着头，在每个袋子前都蹲下来，细细看里面的货。作为收藏者，他知道物以稀为贵的道理，现在这些店家慌乱出手，正是低价进货的好时候——禁止交易的规定很快生效，但那是对公开买卖的店铺的要求，真正好藏品的交易，都是私下里进行的。他藏品量惊人，但他从不嫌多，当然，他只收真正的好货。他不时从每个袋子里挑拣出一些次品。书法家挑好后，立即叫来他的司机，跟老苏的儿子一起清点货物，列出清单。书法家拍拍手上的尘土说："宋记者的采访，我看了，写得好，故事感人。我想见见你爸，不知道方便不方便。"

老苏的儿子笑着说："刚好我爸就在楼上，平时他在渔村里，今天刚好在。我叫他下来。"书法家微微点头，不一会儿，书法家就看到满脸铜锈色的老苏。老苏的褐色上衣，塞进黑色的裤子里，腰带有一些脱色。老苏的头发很稀疏，额头光亮，从额头左侧到下巴处,则布满星星点点的黑色斑痕,他的手背犹如长满毛刺的老树根。书法家伸出右手,老苏犹豫了一下,把他斑驳的手,握上了书法家肥滑软嫩的手掌,感觉到书法家的手抖了抖,老苏赶紧把手松开、缩回。

书法家笑着说:“我看到关于你的采访了,很佩服,想认识认识你。”

“嗬……”

“那报纸,我买了很多份送人了,这期报纸做得好啊。”

“嗬……”

“我今天来跟你儿子要货……”他指着那些被他挑选过的袋子,“那些,我都要,这货,值不少钱啊。我跟你们镇上不少店家都是老朋友了,他们都急着出手,都在找我。宋记者极力推荐了你的儿子,我确实是佩服老苏你, 在我们的海上出生入死,维护了我们的主权……我是专门到你儿子这里来要货啊……”

“嗬……”

“感谢……感谢！”老苏的儿子在一旁说。书法家收起笑脸道：“老苏，我是直白人，不绕弯子，这次，除了跟你儿子进货，我就是专门来找你的。”

“找我？”

“是。我这人，爱收老东西，连当年古代沉船的海捞瓷都有不少，我这次来，就是想找老苏你，能不能把你手头的东西转让给我？”

“我这人，哪有什么东西能让你瞧得上的？”老苏挠挠头，左脸那些斑痕一跳一跳。

“我想要你手上的《更路经》跟罗盘！”

老苏愣住了，回头看看他儿子。儿子表情紧张，眼睛充满祈求，手握成拳。老苏尴尬地说：“这东西，不算多贵重，眼下出海，是用不上了，可这是从我爸、我爷爷、我爷爷的爸……一路传下来的，这东西现在到我手上，哪能卖了？”

“老苏，我知道！你看，我这不是跟你儿子做了很大一笔生意嘛。他目前遇到些困难，需要出手这些货，我帮他收了那么多，你看……”书法家指着那一个个袋子。

“爸……爸……”儿子喊了两声，把老苏拉到一边，指手画脚，低声说着什么。老苏只是摇头，他儿子头上的汗不断涌出。

“这样吧！我干脆点，老苏，你只要愿意出手，价钱好说，你自己开。另外，我也不挑了，你儿子剩下的这些货，我也给他全拿了。这样，你儿子立即回笼资金，想做点什么，也就宽裕了……”书法家的这句话，把老苏的儿子也惊得愣住了，他唯有看着父亲，不停使眼色，就差跪下去了。

老苏长叹一口气，说：“你跟我儿子做生意，我很感谢你。要是别的什么，卖了也就卖了，但这两样东西，也不是自我手上才有的……”

“你看，你看，老苏，你也是不好讲话，你留下这东西，以后不也是要传给你儿子吗？”书法家指了指老苏的儿子，“你以后也是要传给他，他也是能做主的，现在出手，能把他的资金全都救回，他也能赶紧做别的事情去，这不是挺好的事吗？你这……”

“爸……”儿子抹脸，汗水淋漓。

老苏的语气愈加生冷：“以后我死了，他要卖，是他的事。实在不行，我死前烧了。”老苏脸色黑沉，知道今晚的煎马鲛鱼是没得吃了，迈步跨出店铺。

“老苏……老苏……”书法家喊着，老苏并不应承，他只能转头对着老苏的儿子，“你爸这么不好说话。我想，你还是去做做他的工作，这些货，等你谈定了，一起算吧。我先去老曾那店里看看，他也给我留了些货……”

海里

天色还没暗透，海面上出现了海螺大小的旋涡，白天波澜不惊的海面，此时变得怪异。老苏的心中紧张起来。这是大风雨即将来临的征兆——可这是十二月底啊，春节已经不远，这一趟之后，很快就要返航过年了，这个月份，按常理讲，是不应该有台风的。渔船的位置，在永兴岛、西岛、浪花礁之间，老苏心里很快做出决断，准备前往面积最大的永兴岛避风。船员中有反对的，说，老苏太过胆小，这个月份哪会有台风？这一片海域，并非只有老苏的一艘船，从海南岛来的不少船只，最近都聚集在这片海域。这片海域，前些时候有一艘外国的大轮船经过，触礁沉没了，满满一船的货物，全撒在海里，附近知情的渔民们很快围聚过来打捞，反而没再去留意鱼虾。白天，各艘船散开打捞货物，夜里，亮着灯，各艘船一起停靠在附近一个小小的岛礁旁。

一看到水面起了旋涡，老苏喊起来："大家也看看，是不是要起风？"

各家船长都走出船舱，细细观看水面，脸色凝重。

老苏说："我看风是要起，这里太小，风要来了，怕是没处躲，还是得提早去永兴岛。"

老苏让船员起锚，掉转船头，朝永兴岛的方向而去。二十世纪七十年代以前，船大多是木帆船，而此时是一九七三年了，大多是机船，发动机带动船桨，哗啦啦打着水花。七八艘渔船，也跟随着老苏的船，一起前往永兴岛。渐渐黑起来的海面上，一串亮灯的船队，像一条在海面上流动的龙。

"老苏！老苏！"声音来自一艘逐渐靠近岛礁的船。

老苏缓慢把船停下，那艘船也慢慢地移靠过来。那是一艘新造的大吨位渔船，船长是位中年人，前些时候，那艘船才从渔港下水。那船长老苏也是认识的，两艘船基本上同时出发，沿着相同的航线，但大船速度快，比老苏要早抵达这片海域。

“老苏，去哪儿啊？”对面船高，中年船长的声音压下来。

老苏指着海面说：“水面奇怪，怕是要来风浪，去永兴岛躲躲！”

“哈哈哈，老苏，出海多年了，哪里听说过十二月有台风的？也太胆小了。”

“满船的人呢，哪能开玩笑？海上找吃的，不靠赌运气，不靠胆子肥，得小心啊。”

“老苏，这运气我就赌一把！”那艘大吨位船立即加速，把老苏的呼喊抛在海面上。

对渔民来讲,永兴岛是茫茫南海中最安全的地方。它的面积足够大,有渔民在岛上盖了临时的房子,也有部队官兵驻扎在这里。在永兴岛上岸之后,船员都分散住到那些临时搭建的房子里,老苏听到了船员们的埋怨。船员在牢骚中睡着之后,老苏还翻来覆去睡不着。他踱步到小岛的岸边,观察着水面的变化,他更把目光放长,希望能从海面上看到有一点渔火出现。那渔火一直没有出现。

风终于起来了,在接近凌晨四点的时候,原本轻拂的风,显示出了猛烈的气势,海浪开始翻滚,不断击打着岸边,抛锚定好的渔船也被浪拍打得噼啪作响。雨的到来要缓慢得多。先是洒下一些小点,大半个小时后,倾盆大雨才追赶过来。老苏不能再在岸边待着了,他回到屋子里,浑身已经全是水了。因岛上缺少水泥和砖石，这些房子都是用木头搭建,覆盖着铁皮、油毛毡,在风雨中有随时被刮走的危险。撑了没多久，这些房子全被掀垮了，渔民们匆忙到岛上的水产公司的加工房躲避。因为返航回海南岛比较遥远，这家国有水产公司把加工部门设到永兴岛上，方便捕捞之后就近加工，再运输回海南岛。这些加工房把钢管打进土里，要牢靠得多，可仍然在狂风暴雨中摇摇晃晃。

渔民们聚到一块儿，也没说话，安静地听着外头的风雨交加声。

“唉，还好我们躲上岛来了，还好……”终于有人不知从哪个角落说了一句。

“那艘大船，回来了吗？”

又都沉默了。

暗黑之中，有人压抑不住，抽泣起来。

几乎所有人都没怎么睡好，天色发白之后，呼噜声才相继四起。

这场罕见的冬季台风，竟然刮了整整三天。其间最大的风浪有十多米，巨浪吞没着一切，连这永兴岛好像也不安全了。在这三天里，每逢风小一些，老苏就要冒雨去岸边查看渔船，他担心锚和绳子也没法儿拉住他的船。

台风过后，天空如洗，一切恢复平静，岛上一片狼藉。老苏决定休整两天再出海。有些渔民已经跃跃欲试，准备出海收拾还在风浪里惊慌失措的鱼虾。水产公司的渔民出去后，第一天就有了收获，竟然捕获了好几条大鲨鱼。老苏出海，从未动过捕捞鲨鱼的念头，听说那些海中霸王被拉回永兴岛的时候，老苏也跟着躲风的渔民去围观，还吸引来了一些岛上驻扎的士兵。捕获的鲨鱼有六头，有大有小，很显然，这些鲨鱼在被射伤之后，再被粗大的网捆住，拉到永兴岛，已经全都死去了。它们巨大的身躯，还是把老苏给震撼了，浑圆的肚子像打满了气。

老苏穿着拖鞋，走到沙滩边上，伸腿踢踢那些鲨鱼的肚子，鲨鱼弹性很足，把老苏的脚打滑到一边去。人都围拢过来。加工人员脸上笑开了花说："先挑一头最大的看看，吃了什么东西，肚子这么圆！"锋利的大刀划过，把鲨鱼肚子剖开。猛烈的腥味有着巨大的推力，把围聚的人给推开了。刀继续划开，划开鲨鱼的胃，有圆滚滚的东西掉出来，也有条形的东西掉出来，浓烈的腥臭味更加强烈了，围观的人又退缩了几步，有人受不了这强烈腥臭味的刺激，就蹲下来呕吐。加工人员皱起眉来，他用长刀推了推那圆滚滚的东西，那东西滚动了几下。

尖叫声响起来："人头！"

是人头，正面朝上，脸上覆盖着一层鲨鱼胃里的黏液，可没被胃酸化完的样子，还能看出那是一张人脸。那人眼睛暴凸，瞪着所有围观的人。

尖叫声此起彼伏，老苏也再次往后退。那加工人员也吓得手中的刀掉落了下来。大家这才注意到，刚才掉落的那些条形的东西，是人的胳膊、腿。

——这些鲨鱼，是被人喂饱的。

在大家的惊慌失措中，围观的士兵们主动上前，接过刀，把剩下的几条鲨鱼也都剖了腹。无一例外，鲨鱼肚子里，全都是人头与残肢。

士兵清洗那些残骸后，老苏和船员从还没被腐蚀殆尽的四颗残破的人头中，隐约辨认和猜测，应该是那艘大吨位渔船上的渔民。那艘船上可是有着三十多人啊，马上又要过春节了……所有的渔民都号哭起来。

哭声是永兴岛的另一场台风。

岸上

那一天风小，阿黄想下楼走走，刚上街，就摇摇晃晃，昏倒在地上。家人叫来了救护车，先送到了市里，还没办好住院手续，市医院就联系了省医院，把人直接送到了省城。省医院正好有京城专家前来坐诊，把阿黄浑身检查一遍，给他家人做出了“不建议手术”的诊断。阿黄把家中儿女叫来，儿女都唯唯诺诺，阿黄绷着脸问：“是不是癌？”沉默，等于说出了答案。阿黄说：“待在医院有用吗？”又是沉默。阿黄说：“回去吧，医院里味道重，我待不惯。”是肺部的问题。得知阿黄是老渔民之后，医生貌似很确定地说，可能是当年海上捕捞，长期在水中憋气，对肺部造成了很大的损伤，应该是老毛病了，不过是到了现在，才集中暴发了。

阿黄有个女儿嫁到广东，夫家很有钱，她从广东飞回之后，强烈要求把阿黄送去广东就诊，说岛内医疗技术不行，得到广东的大医院。她在医院里把所有的兄弟姐妹都数落了一番，说他们纯粹是舍不得钱，又说既然这样，医疗费由她出。她的话惹得一家人在病房里争吵不休。阿黄冷冷地喊了一声："不去广东了，我要回家。不是钱的事，我不想被割成碎肉。硬要叫我去，我就从这病房窗子跳下去。"阿黄轻描淡写中，藏着斩钉截铁。医院开了止痛药之后，阿黄回到镇上来了。阿黄家离镇卫生院不远，阿黄就待在家里，由卫生院的护士上门给他换药。

老苏来看阿黄的时候，他正斜靠在一个厚厚的枕头上，手臂上打着点滴——自医院回来之后，这药水每天都要输送到他的体内。他曾抗议说不打了不打了，可汹涌而来的剧痛，要把他撕成碎片，他不得不让针头扎进体内。剧痛的袭来，会让阿黄有一种在海水中挣扎的窒息感。很多年里，他在海水中作业，穿梭如游鱼，那种摆动身姿的自由，让他觉得自己应该属于大海而不是陆地。他当然也遇到过在水中快要溺亡的时候，还不止一次，浑身扭动、挣扎，却毫无用处，逐渐陷入更深黑的海底。阿黄曾想，千万种死法里面，溺亡在海中，一定是最惨烈、痛苦的那种。因病而带来的剧痛，若不靠止痛药压制，阿黄就得一次次经历溺入海水的绝望——他得依靠止痛针，一次次从水底返回岸上。

老苏捏了捏阿黄的右手，没有任何反馈的力道，只有穿透掌心的凉意。

“我就该死在水里。”阿黄嘴唇动了动，老苏得静静地听，才能听到那混浊、带着粗气的话。

阿黄惧怕着海水，又渴望着死在水中。

老苏摇头苦笑。

阿黄忽然想起什么，他问：“老苏，那事，你答应下来了吗？”

“什么事？”

“开渔节祭海啊……这些年……嗬嗬嗬……”

“这事，我答应不下来啊！”

阿黄猛地坐直，就要从床上翻身下来。老苏按住阿黄说：“你坐下，你坐下，起来干吗呢？”阿黄不理他，伸手去抓挂在床头一个铁架子上的药水瓶。阿黄的手一伸出，浑身就抖动如电击。老苏只好一只手扶住阿黄，一只手取下药水瓶。阿黄摆摆手，往阳台边去。阳台外，日光强烈，海风也很大。阿黄拉开门，有风灌进，他的抖动更加剧烈，老苏害怕他会摔倒。阿黄靠着阳台的栏杆，老苏只能扶着他。

小镇的街巷上烟尘滚滚，人人貌似很慵懒，但很多人都因为禁卖砗磲的最后期限即将到来而手忙脚乱。不仅仅是店家，镇上的有关部门也很茫然，禁令来得很突然，与这个产业有关的数千人要分流到其他地方去，并非一件容易的事。大儿子到渔村里找过老苏几回，没怎么说话，就静悄悄地站在他身边，看着他刻那树根。老苏不说话，他也就不说，站到暮色将起的时候，他转身离开。老苏知道大儿子的心意，知道大儿子内心的焦躁和无奈，知道大儿子没能开口提出的那个要求……可他能怎么做呢？真的要把《更路经》和罗盘卖给那个书法家？若不卖，那堆货砸在儿子手中，儿子就得欠人家一屁股债，今后怕是父子也没得做了。

阿黄的脸色愈加蜡黄，他的气息是不规律的，他说："大家靠海吃海，但现在没人祭海了，大家都信仪器，不信仪式。一门心思只想着钱，渔村没有了……没有了……"老苏不知道该怎么回话，只好不说，他拍拍阿黄的肩膀。刮过来的海风越来越大，怕阿黄身子承受不住，老苏把他强拉回房间里。

老伴儿的坟墓离渔村不远，却是一块背着海风的地方，老苏心烦意乱时，会到那里坐坐，想一些事情。慢慢算下来，出船那些年，老苏一年中没多少时间见到老伴儿。女人不能上船，是渔村多年的习俗了，因为女人上了渔船，导致渔船如何出事的传说，从未绝过。年轻时，出船一两个月，颠簸劳顿倒不是最苦的，最苦的是对女人身体的渴望。白天还好，在水中、烈日下搏斗；夜里，躺在船板上，星光满天，船随风轻晃，体内的欲望都被摇出来了。每次船回渔村，老苏和其他男人一样，在船头看到岸上的女人之后，内心的焦灼和渴盼达到了顶点。但，还得先把所有的渔获卸下船，再洗一顿痛快的淡水澡以后，才开始在女人身上驰骋。女人也憋久了，好奇地问起老苏海上的遭遇，老苏顾不上回答，只是横冲直撞，女人淹没在老苏的狂风暴雨之中。年纪渐大以后，需求少了，老苏会花很多时间，说起海上的遭遇，激起自己女人的阵阵惊叹与尖叫。每次到了最后，女人总会在一阵哭泣中睡去。睡去之前，女人会讲到她在岸上的担惊受怕，讲到她如何照看家里到处野的孩子。老苏知道，在岸上的女人，并不比出船的男人更轻松。

有一回，掌舵期间，老苏的手抖了抖，一股莫名的感觉从水中渗入他的体内。他没跟任何一个船员讲这话，他还需要把他们安全地带回岸上。返回之后，他内心和当年瘸了腿的父亲一样坚决，第一句话就是告诉老伴儿："以后，不出海了。"老伴儿说："手抖了？"老苏点点头。多年前父亲就说过"大海养人也埋人"的话，手发抖，就是海上的亡灵给他提了醒。回到岸上，他和老伴儿之间的话多了起来，他一次次说起数十年在海上的各种细节。在这样的讲述中，他不断重返大海之上。这样的重返，随着老伴儿的过世而结束了。床头空出，老苏每夜睡觉都少了说话的人。

从船上退下来之后，老苏的渔船在渔港边搁置了许久。儿孙都不再出海，不再经营船上的捕捞，老苏想把船售出去。渔村里，并不好出手，最后，是另外一个县的一位海鲜店老板买去了。并不是买去捕捞，而是变成了移动餐厅。海鲜店开在海边，有一些包厢在岸上，也有一些包厢在一些渔船改成的船上，客人点餐之后，渔船离岸，在水上摇摆着，客人一边大快朵颐一边吹着海风，有种天上人间的错觉。

船卖出去后，老苏有一次思念那艘船，悄悄跑了几个县，找到那家海鲜店，寻找自己的船。海鲜店有三艘可以开出去包厢的船，外面都涂上统一的亮丽油彩，挂着一盏盏灯笼，老苏辨认了好久，才找到那艘曾很熟悉的船。看到渔船变成了这模样，老苏内心悲凉，想转身离开，却被那老板拉住了，非要让他上自己那艘船看看。老板给这间包厢取了一个名字——老船长号。老板让人把船开动，带着老苏转了一圈，老苏越来越难受，竟然有些晕船，让赶紧靠岸，低着头就走了。

他再没去看过那艘船。

他后来一直后悔把船卖给了海鲜店老板，他宁愿把它放在岸边，让它在海风中坏掉。

海里

从船上退下来之后，老苏也上过几次船的，都不是远海，只是那些在近海的小船，早上出去，傍晚便会回来，他就是到船上过过瘾。船家撒下渔网之时，他便在一旁看，要前去帮忙，船家也不愿意，怕他手慢，耽误了。船家倒是会问他意见，哪片海域鱼虾多一些，他观察了一下方位和波纹，指着一个地方，船家便在那里下网，果然拉网的手觉得沉甸甸的。

船员忙着网鱼之时，老苏有时也会取下一个救生圈，绳子绑在胸口，跳进水中游泳。船员也不理他。渔村的人都水性好，谁有时兴趣来了，都会到水里游一阵。老苏双腿划动，仰着头，看着日头强烈地射在水面上，光线刺眼。他总是用仰泳，双脚缓慢地踩水，便会浮在水面上。这是最放松的时候，手脚酸了，还可以抓住救生圈，连踩水都省了。游累之后，朝船上招呼一下，便有人丢下一架软梯，他顺着梯子爬到船上。上船之后，他打两瓢淡水冲冲身子，把身上的盐分勉强冲掉。

但那一回之后，再也没有船家愿意让老苏上船了。那次，他踩着水，浑身越来越舒坦，就抱住了救生圈。还是觉得很舒坦，他竟然有了昏昏欲睡之感，他想着睁开眼睛，可更大的困倦压合他的眼皮，他双手竟然松开了救生圈，人就朝水里潜去。耳鼻一淹入水中，他就惊醒过来了，可他却并没有立即浮出水面。日光照射进海里，离水面四五米处都可以看到，可更深处的碧蓝，一无所知。幽深的水底在一瞬间，强烈地吸引了他。他主动往深处潜去。胸口绑救生圈的绳子阻碍了他，他竟然拉松了绳结，继续往深处去。身上的水压越来越沉，呼吸也越发急促了，老苏很清楚，继续往下，就会永远留在海里了。他明明知道后果会怎样，可海水更深处，还是对他有着强烈的吸引力。他眼前不再是碧蓝的水，而是闪亮的光，是金碧辉煌的海底宫殿。

无数已经消失在海上的面孔，就在那宫殿里欢迎他。站在前面的那个年轻人，没看错，是曾椰子。那个当年浑身毛孔冒血，被用海盐腌着运回渔村的水手。老苏想，曾椰子当时是不是也看到了眼前的景象，才越潜越深呢？曾椰子身边那一群人，应该是那次冬天风暴里葬身鲨鱼肚子的那些，站在前面的，就是那个中年船长。他还是一脸傲气，那年的台风和鲨鱼，并没有把他的傲气吞下去。老苏的父亲，也在。父亲本来是死在岸上的，怎么会也在呢？但那不是他，又是谁呢？父亲紧盯着他，不知道是欢喜还是悲戚。他想起父亲过世之前，曾留下遗言，让把他的尸体烧成灰后撒进海里，老苏并没有遵照父亲的话去做。把父亲埋进墓地之后，老苏倒是把父亲的衣裤等烧了，撒进海里。此时父亲为什么是那样的神情呢？他是在怪罪自己吗？

更多的面孔，是他见所未见的，甚至有很多位穿着古代衣服的，那是传说中的一百〇八兄弟公吗？海底的宫殿有光，光是黄色的，还会变化，变成橙色，接着变红、变紫。那些光不能看，一旦直视，便目眩神迷。晕眩让他更想睡了，可他奋力看着眼前这些人。这么多人拥堵在宫殿的门口，是在欢迎他吗？身上的水压、鼻腔里水的堵塞、体内的缺氧，并没有让他觉得难以忍受，他感到了前所未有的安详。他继续朝宫殿潜去，快速扑向那变化中的光。

可他没法儿潜了，他的两只手臂被抓住了，他本能地扭动起来。一扭动，辉煌的宫殿消失了，宫殿里的人也消失了，安详也消失了，只有缺氧的痛苦，他浑身扭动，直至昏厥过去。

醒来后，已在船上。

是船上的两个年轻人救了他。船上有人看到老苏脱开胸口的绳子，立即报告了船长，船上水性最好的两个人，立即绑着绳子跳到水中救人。船上的人看着两个年轻人钻进水中，每一秒都那么漫长。当三人浮出水面，船上人赶紧拉收绳子。老苏被压出满口满口的海水，才醒过来。船长一直在船板上跳着叫："老苏，你这是要害死我，你这是要害死我……老苏，你说，你跟着我的船出来，却把绳子解开，是想干吗？你不想活了，还要把我一船人也都拉下水吗？老苏，你……"老苏又能说什么呢？他一言不发，他也不明白刚才怎么就鬼使神差要往深处去。刚才眼前所见，又是怎么一回事呢？老苏坐起来，海风吹着，他觉得冷了，日头猛烈，但寒冷刺入骨髓一般。船长用力跺脚，高喊："回去。"

那一回之后，老苏再未有机会出海——所有的渔船,都拒绝他的靠近。一个惯于水上生活的人,只能远远看着渔船,再也难以登上。

他只好用一块树根，刻一艘独属于自己的小船。

岸上

大儿子躺在床上，右腿绑着绷带，呻吟不断。儿媳妇跟大孙子，都在旁边看着。绷带里是跌打损伤的药，散发着刺鼻的气味。绷带上，有一团一团的污迹，那是血凝结后颜色可疑的污块。老苏来到儿子家，看到这景象，问道："怎么回事？"大儿子闷着头，不作声。儿媳妇推了推大儿子的手，他还是摇摇头，不说话。儿媳妇憋不住了："还不是欠人家的钱欠的，再过几天，估计这腿都要给卸下来了。"大儿子的头更低了。接到孙子电话的时候，老苏已经大概问清出了什么事。那些积压在手中的砗磲，让儿子最近资金周转出了问题，追债的人多了，就有人在夜里堵着他，来了一顿拳打脚踢的警告。最近镇上这类事情越来越多，都是之前陷入困境而去借了民间高利贷的。

大儿子猛抬头，喊:“你跟爸乱讲什么讲？出去！”

儿媳妇声音更大了:“我说什么了？我说什么了？这不是事实吗？”

孙子也说:“妈,你少说两句。爷爷都清楚。我跟爷爷讲过了。”

她仍旧没有放低声音:“反倒是我的不是了？当时人家那老板要把这些货全部收走,要是爸肯把那个……出手,事情早解决了。我们何至于把这堆废物压在手上？”

大儿子抬头猛瞪他老婆,想说什么,却又把头低下了。

老苏坐到儿子床边，摸了摸儿子腿上的绷带，儿子发出些微呻吟,老苏问:“医生怎么说？”

“也没什么,皮外伤,擦擦药膏,休息几天就好了。”

老苏点点头问:“那些货还是没人收?”

“有收的,价格很低。”

“我倒打听到,有些人开始按住,不出手了。他们说,现在砗磲不让捞,以后价钱肯定还会更贵,面上说不让卖,只要是好货,私下里卖给藏家,估计没法儿查,价格也有保证。”

“爸,话是这样说,但我耗不起啊。还有,万一有人举报呢?主要是,我现在手头空了,外面债务追得紧,要是手松,我也就任那些东西丢那儿就是……”

老苏沉思良久,伸手拍拍儿子受伤的腿,站起来,盯着上了高中的孙子说:“你跟我回家一趟,我把东西给你,你带来给你爸。”

“爸,那是……”大儿子有些哽咽。

“人最重要。要是人都没了,留着那东西也没用。卖给懂行的人,可能保存得比留在我们手中还好。《更路经》比人活得长，我早想清楚这事了。”

老苏昂着头走出去了，他孙子盯着父母的脸，犹豫着要不要跟上去。儿媳妇一直眨眼，床上的伤号点点头，孙子才跑出去。儿媳跑到二楼的阳台外，探头看着她儿子和老苏走远，兴奋地跑回丈夫身边说：“这下成了。”

他把脸藏回床角。

她埋怨道：“要早听我的，也不至于这么麻烦，不至于拖到现在。你一会儿就给那个书法家打电话，东西早点给人家送去。早点把钱抓到自己手里才是正事……”

他的脸仍旧藏在阴影里，看不出是什么表情。

她伸手摇晃着他的肩膀说：“这事……总算……”

“少废话！”

“什么？”

“滚！”声音撕心裂肺，带着哭腔。

一直劝老苏去主持祭海仪式的阿黄，并没有见到祭海仪式。老苏把《更路经》和罗盘交给孙子一周后，阿黄就忽然从家里消失了。家人早上去看阿黄，发现了他床上空空的，还剩一半的药水瓶放在枕头上，针头滑落到地上，人已经不知去向。全家人四处找寻，并没发现任何踪迹。去派出所报了警，镇上不少人也都出动，还是没找到。派出所人员问阿黄家里人，他行动不便，又是半夜出门，你们竟没人发现？家里人哑口无言。

老苏听到消息时，并没有多大的震惊。他悄悄到了海边，对着起伏的潮汐，燃点香烛，对着大海拜了拜。永远有波浪不断涌上，又立即退去，所有的痕迹，在水的面前都是暂时的。阳光泛着金黄色，把海水映照出不同的蓝，靠近沙滩处的水是泛绿的，越往深处，越变得深蓝。沙滩边，长着一排排野菠萝，接着是一排排椰子树，再远一些，是木麻黄林。很多年里，这里都是很热闹的。翻晒、缝补渔网的人，在夕阳下留下剪影，再被夜色覆盖。

天色亮得花眼，老苏眼前却仿佛一片漆黑。就像当年瞬间就感知到曾椰子是怎么死的那样，老苏也理解了阿黄独自离去的心情。自己不是也要扎身潜水，去往那个海上亡灵的宫殿吗？老苏好像清晰地看到，昨晚后半夜，阿黄在思前想后的内心搏斗之后，终于义无反顾拔掉针头。下定决心的他，有着回光返照的镇定，有着最佳水手的充沛精力，他躲开家人的一切眼目，悄悄走出房门，穿过小镇的街巷。他悄悄解下一艘无人注意的小木船，用尽所有的力气，往大海更远处划去。月虽不圆，但月光铺满海面，小船沿着水面上的月光之路划远。最后，阿黄这位当年最优秀的水手，翻了一个身，投入了海水之中。一直念叨着应该死在水中的阿黄，不愿在一场绝症中变得人模鬼样，就钻进大海，寻找那些把身体和魂魄都留在海水中的伙伴去了。

老苏又想起当初阿黄说有好东西给他看，他没去，那是什么呢？是那艘他给自己准备好，要划出去的小船吗？老苏让阿黄的家人在附近的海域搜寻一下。阿黄的家人半信半疑，却也没了法子，到处打听有没有哪家人丢失了小木船，却只得到一阵阵的摇头。不少年轻人驾着船在渔港附近的海域搜寻了两天，也没有任何结果。倒是有人发现了半艘破旧的船板，离海边也不远，集中人力搜寻了半天，水性好的人还带着氧气瓶扎入水底，毫无痕迹。所有的搜寻都徒劳无功。虽然还没放弃希望，但阿黄家的人，已经准备好依照渔村的习俗，像安葬那些葬身大海的人一样安葬阿黄。

祭海仪式在小镇的渔港边举行。

砗磲的禁售令已经生效，镇上的店面清空了。有的被改成了卖烟酒的杂货铺，有的被改成了小饭馆，也有的准备改装成民宿，更多的店铺则还空着，店家尚没想好要经营什么。开渔季来临，市里准备把开渔节打造成一个旅游节，邀请了不少游客、媒体和上级的领导。小镇上人山人海，老苏从未见镇上这么热闹过。一想到还要表演，穿着长袍的他，浑身的汗就淋漓而下。附近的渔船全部聚集在渔港这里，排好了队，只等着开渔节之后，千帆竞发，往南海而去。老苏也没见过这么大的出海阵仗。当年开渔也是多艘船一起出航，可哪有眼前这种政府部门组织的这么声势浩大啊？

渔港边搭了一个主席台，彩旗飘荡，围聚的人带动了无数小生意者到来。主席台前拥挤不堪。十点半，仪式开始了。先是领导讲话，大概讲了今后将如何以旅游带动小镇的渔业发展，如何让渔业成为小镇旅游的新特色，还计划推出近海捕捞的旅游项目，由旅游公司出面打造，游客可以随渔船出海，体验真实的海上生活。当然也讲到了，要如何引导小镇转型……后面很多话，老苏没听进去，也听不懂。按照安排，领导讲话之后，就轮到他了，他在后台，坐着也不是，站着也不是，腿都是发抖的，在海上突然遭遇台风，他也没这么紧张过。他朝旁边的工作人员一招手说：“给我拿点白酒。”工作人员有些纳闷，以为仪式需要用到，赶紧跑步去买。老苏接过白酒之后，起开瓶盖，狠狠地灌了一口，酒气上涌。从不饮酒的老苏，为了制服心中的惊涛骇浪，咬着牙把怪味吞了下去。

领导讲话完了，主持人喊了一声：“开始！”

老苏拍了自己两巴掌，拍出两口酒气，终于安定心神。他缓缓走到主席台前的红布旁。此时，所有的目光都注视着他。所有的紧张已经没有了，老苏手中捧着两张纸。在此时，老苏觉得自己已经不是老苏，而是过世的庆海爹——他走路的样子，都有点像庆海爹了。老苏点点头，有人给他递上一个话筒。老苏高声喊道："祭海仪式开始。"声音在人群中回荡，那么多人，都屏住了呼吸，只有海风摇晃着渔港上的船帆和主席台周围的彩旗。老苏道："各家船长，上前领香。"各家船长走到老苏边上的祭坛边，各自领取了一支线香，按照此前排好的位置，前后站定。

老苏喊道："念《祭海文》。"

船长们低头作揖。老苏念道：

海南省某某市某某镇，叩请恩光香河主众宗亲、五姓孤魂、一百〇八兄弟。

山川银露，男女神畅，保佑祖国领土、海洋完整。

渔民远到“三沙”生产，求财财到，求利利来，好人相逢，恶人走背。

东方财源到，西方财源也不停，南方财源广进，北方财源接接来。

利禄宏开，生产安全，蚌盒变珠宝，渔乡笑呵呵。

兄弟公保佑渔民精神饱满，满载而归。

子孙给尔祭海仪式。

出海生产！叩首，再叩首，三叩首！

老苏带领所有船长，向着大海的方向跪拜。场边有些渔家的人，也跪了下来。这篇祭文，并非传自庆海爹，而是老苏按照庆海爹当年祭海的零星记忆，加上自己想的几句话，找来村子里稍懂文字的人，写了下来，也不管是否通顺，先念了再说。

《祭海文》念毕，老苏喊道：“念《除妖文》。”

所有船长仍旧列队恭听。

天最神，地最神，人离难，难离身。

南无法、南无佛、南无观世音菩萨，

阿弥陀佛、蓬莱仙、象天地、仙真人，

三官五雷神、兵统领神、兵竟西方万名古佛明圣经，

亨前汉末清，归于无大道；乾元亨利贞，乾元亨利贞。

吾捧太上老君火，急急如律令。

伏发伏发！

念完之后，仍是向着大海的方向跪拜。

第三个项目，是敬拜《更路经》、罗盘。祖传的《更路经》和罗盘已卖给了书法家——这本是他自己多年来断断续续手抄的备份，罗盘则是一个新的，

已经用玻璃罩扣住，摆放在祭坛之上。因为这两件都不是老旧的东西，老苏有些心神不定，害怕有人指出，害怕露馅，也害怕若是哪天出海的渔船出了啥事，会有人怪罪是因为这两件新东西镇不住。他还想到阿黄最介怀的，就是庆海爹的儿子把庆海爹的经书和罗盘卖了，可自己不是也卖了吗？老苏强压住混乱的心绪，凝神静气，把还萦绕在喉舌之间的白酒的味道，当作自己的镇静剂。老苏也刹那闪过一个念头：要是用来祭海的，是自家的那两件老东西，该多好啊——即使要卖，祭拜了再卖，也行啊……但……唉……这事，没得假设了。老苏涌上对父亲、祖父以及更久远的先祖的愧疚，手不禁有些发抖，他越是用力镇定，手越是抖动得厉害。旁边的船长，并没有觉出有啥不妥，他们甚至因此觉得是老苏全身心投入。随着老苏的指挥，所有船长在祭坛面前，向《更路经》和罗盘敬拜，祈祷保佑海上顺风顺水、平平安安。之后，燃放鞭炮、燃烧纸钱，各种气味向老苏口鼻涌来，呛得他几乎要流泪。后面所有的喧闹，就跟老苏无关了。他脑子一片空白，所有人潮的涌动，他都闭眼不看。一阵阵喧闹之后，好几位领导在主席台上，用剪刀剪断一条彩带，之前讲话的领导高喊一声："开渔！出发！"

渔船开始鸣笛，离岸出港。

老苏坚持要抱着自己刻好的那艘船出海去，让它随自己去吹一趟海风。

那艘船上漆之后，油光闪亮，渔船上该有的部分，一概不少，抱在手上，沉甸甸的。祭海仪式之后，老苏随着市里、镇上的相关领导一起上了一艘大船。组织者是旅行社的负责人，也邀请了周边的一些老渔民。他们是要给新规划的旅游线路踩线，说是开拓什么海上新线路、拓展未来海洋旅游新方向、给热爱出行的人带来更极致的新鲜体验……都是一些老苏听不大懂的话。停靠岸边的时候，船有点随波轻荡，抱着自己雕刻的木船踩上甲板，老苏竟然有了一点晕船。老苏赶紧把小木船摆放在甲板之上，自己伸手扶住船帮。

船离开岸，往大海深处而去，船上、岸上净是欢呼的声音。那些老渔民也是欢呼着，尽管出海几十年，但这一次他们是前所未有的放松，可以谈笑风生，可以指指点点，可以不理船怎么开、会不会遭遇风浪，这是他们第一次卸下担子出海。带着咸味的海风迎面而来，老苏晕船的感觉更重了，他忍不住嘲笑自己，还算是一个出海几十年的老渔民吗？他的脸色迅速苍白起来，喘气都有些急促，甚至喉咙泛酸，有呕吐将至的感觉。看到他神情不对，两个年轻人赶紧过来，把他扶进舱内，安排了个位置让他坐好。坐着，也并不能减轻一丁点晕船之感，若不是船已经开出老远，或许他会要求上岸。当然，上岸的念头只是在心底一闪而过，他为自己冒出这个念头脸红。他只能强忍着，尽量让自己去看船舱外波光闪闪的海面和飞溅而起的浪花。恍惚之间，老苏回到了当年第一次随父亲出海的时候，回到了曾椰子的尸体被腌在船上臭味难忍的时候，回到想潜入深海留在那个海底宫殿的时候。亲手雕刻好的木船，就放在脚下，好像那并不是一座雕塑，而是自己当年驰骋海面的那艘渔船。这艘小木船，跟真正的船一样，也有一个船舱，揭开一块板，里头空空的，这是老苏留给自己的位置。他想着，哪天要过世了，会叮嘱儿孙们，把他烧成灰，装进这艘船里，放到海上，让它随着海浪漂荡，沉在哪片海域都好……这个念头他不敢深想，他知道，即使交代了儿孙们，他们也未必会按照自己的想法去做——他当初不也没听父亲的交代，没把他撒进大海里吗？这个家族，总是出一些不听父亲话的逆子。但即使完不成这心愿，老苏也愿意随时摸着这艘小船，像当年从海上归来的夜里，抚摸着自己女人的胸脯。

晕船感在船开出大半个小时之后才减轻。旅行社的一位导游，前来扶着老苏要到船长的驾驶室内。老苏交代道："把我的船看好！"那导游笑了说："老苏，没人动你东西。"老苏回头看了几次，才跟着进到驾驶室内。船长立即站起来，是一位四十几岁的中年人，他伸手跟老苏握了握，他说："苏爹，您好！这一次，还得麻烦您帮我们费心看看。到时要是有游客来，当然得让那些客人玩开心了，水下得能钓到鱼才是；还得麻烦您一起帮着我们找一找，哪一片海域比较适合海钓，哪一片适合深海潜水。"

老苏说："多年没出海了，陌生了，陌生了。"

"别这么说，海上的路线图，都刻在您脑子里呢。现在仪器很先进，我们就缺少经验，以后还少不了请你们老渔民帮帮忙呢！”他的手一划，“看看，这就是我们现在的驾驶室，跟你们以前的掌舵行船，差别可大了。”老苏看着眼前的一片仪器，各种仪表闪着光，还有面积不小的显示屏，显示着卫星定位导航，显示着离岸边多远，显示着船航行过的路线。老苏赞叹道：“这些东西，得学多久才会使啊？”船长笑了说：“比您学那经书容易多了，您到前面来看看，观察一下这片海，看看怎么样？”

老苏走近玻璃窗，外头的海面清清楚楚，但不会再有海风直扑而来，不会有海风给他浑身涂抹上一层厚厚的海盐。当船头的海水像要迎面扑来的时候，他的晕船也就消失了。他挺直了腰板，直愣愣地看着外头的水纹变化。他知道，当年所有沉睡的记忆已经在此刻复活，天空、水面出现任何一丁点颜色、形状的变化，他都能立即知道，那貌似如常的海面之下，隐藏着什么样的鱼虾、奇景或危险。腰板是怎么挺都挺不直了，但老苏知道，只要站在船身的最前面，毫无疑问，他就还是那个指挥若定的船长——这艘船上，唯一的船长。《更路经》里记载的千百条线路图，在他的眼前交错，缓缓铺展开。海面上纵横交错交通繁忙，海面上绝非一无所有。老苏忽然指着一片海面，中年人赶紧过来，想听听他说什么。老苏没有说，他本来想说的话，硬生生吞了回去，葬于肚腹中的汪洋，那句话他不会给任何人说。那句话，他早已用自己歪歪扭扭的毛笔字，记在手抄的那本《更路经》最后一页："自大潭往正东，直行一更半，我的坟墓。"

来，是时候听听大海的声音了

作者 林森

海南岛四面环海，从任何一处沙滩望出去，都是海天一色的苍茫蔚蓝。但是，好多年里，我对大海并没有多少概念。我们村不靠海，倒是有海南岛上最大的河流从村子边流过，一片茂密的竹林，夹在我们村跟那条河中间，我和那些在广阔的内陆长大的人一样，有更多的土地感——那种天海辽阔、人如微尘的感觉，我并没有多少。但是，只要是在海南岛出生、生活，我总有一天要去面对那片海。海水在那里，每天不知疲倦地涨潮与退潮、每天不知疲倦地发出它永远相似却从不相同的声音，身处孤岛的人，绕不过去，迟早要直愣愣地盯着它，想看清海水下沸腾着怎样的火焰。

想写大海，是心存很久的执念了——我写过一些小镇上的人、写过一些距离小镇很远的故事，但作为写作者，在熟悉的领地内挖掘那些熟悉的呼吸声，固然安全而稳妥，可还是想象着孤独一人，闯入海浪之中，在那些随时会抛掉生命的地方，发现另一个不安分的自己。直面天海，生死一线间，不需要处理那些人与人之间的分寸拿捏、进退腾挪，那是一个更直接的世界。我们很多人特别擅长也特别热衷处理人情，即使在该讲规则而非人情的场合。不少作家在家长里短的小心事、进退闪躲的小情绪之间怡然自得，把一次皱眉、一声叹气演绎得宇宙无边。这样的写作当然可以处理得很好，但作为作者，很多时候又是不满、不甘的，我们总希望有另一个新的可能。于是，我准备去听听大海的声音了。写大海，当然也得面对满腔心事，也得处理人际，可当所有这一切，都放在一个更加严酷的自然环境之中，或许便没有那么小里小气，很多事情便可以斩钉截铁起来。

这篇小说最初的标题叫《更路经》。所

谓《更路经》，用简单点的话来讲，就是在导航设备、定位系统不像今天这么发达的时候，渔民们用来指导航程的“海上地图”。海水不像地面，地面上没有路，可以硬生生刨出一条路来；不刨也可以，走的人多了，便也成了路。大海不行，它永远不会有清晰可见的路面和拐角。于是，智慧的渔民们，想到了用时间换取空间、记录空间、寻找空间这个方法——他们在船上焚香计时，把水流、风向、天气等等因素考虑在内，结合指南针，便可大概算出，往哪个方位航行多久，可以看到什么岛礁。在人们不能飞高、不能用人造卫星来俯视大海的时候，可以想象，每一条路线图的得出，得付出多少代人的血泪和生命。不同版本的《更路经》，路线也是完全不一样的，这纯粹靠笨拙的“统计学”得出来的“成果”里，堆叠着难以数清的海风和哭声。

——但这些，仅仅是作为一个非渔民的理解甚至猜测，真正的事实，要残酷得多。事实上，很多当下的渔民也早已对《更路经》特别陌生了，只有在一些如传说般的老船长那里，才能听到他们对海上之路的自信、牢骚和叹息。我于是开始收集一些老渔民的故事，在他们那里，生死稀疏平常，见惯生死之后，要么变得很无所谓，要么变得更加珍惜，他们最惧怕死在海里，有时又恨不得立即死在海里。他们越是在海里跌宕起伏，越是在弃船上岸之后，变得尴尬无语。大海如此无常，在陆地上无比确信的东西，在海上往往荡然无存，出海的人不得不相信某些虚妄之物，总觉得那些风浪的背后，有一些目光在注视着，他们也就有了诸多的讲究与忌讳……

所以，在《海里岸上》之中，老苏用木根刻着一艘缩小版的船，就像是《多情剑客无情剑》里的李寻欢，希望用刻刀复原自己的记忆；他当然会在亲情和流传了很多代人的《更路经》之间犹疑;他幻想着把自己葬入大海,和那些曾经葬身大海的故人相遇。在收集材料过程当中,我听到了各种故事,有些故事被写进了这篇小说里,有些还没有。而这些年,越来越把自己活成陀螺,没法儿停下来把这些材料组合成一个完整的东西,这篇小说在我的文档里,永远只有一个空荡荡的标题。二〇一七年,因为到北京师范大学读书,得以从工作和家庭中暂时抽身,便打算把这篇小说写出来。可即便酝酿准备了好些年,这篇小说的书写难度,仍旧超出我的预计,在完成这篇小说的间歇里,我穿插着写的两三篇短篇早已完成并陆续发表，这篇中篇仍旧遥遥无期。这两万多字，从二〇一七年下半年横跨到二〇一八年上半年。拖拉太久的东西，在完成之后，感觉不到成就感，只有跋涉后的疲惫和失语，自己对它也不再自信，直到《人民文学》接受了它。在杂志的编发过程中，来自编辑的反馈，也让我得以重新看待这篇小说：有的人会从我永远想不到的角度去读它。

这篇小说完成之后，我立即投入到一部小长篇的创作，那仍旧是一个跟大海有关的故事。那部小长篇的准备期，比《海里岸上》更长，但那部十三万多字的小长篇，完成的时间要比《海里岸上》短得多，自己在故事的奔跑中也更加顺畅——或许是因为《海里岸上》的苦熬，打开了我体内一直堵塞的气血。二〇一八年上半年，完成《海里岸上》后，在书写那部小长篇的过程中，跟我一同往前奔跑的，是班上的同学陈崇正，当时他也开始写一部准备了十年的长篇。北师大课余的生活，我和他窝在八里庄鲁迅文学院的宿舍里，天天互相督促，见面的第一句话就是："你今天多少字了？"我还会在下午四点多，走出校门，到十里堡地铁口买回几个鸭头、鸭脖，拉上陈崇正、朱山坡一块儿啃，当作提神。写作疲倦之余，我开始写毛笔字，抄张迁碑、抄欧阳询，宿舍的飘窗成了我的写字台。临回海南前一天，我把三个月所写的所有毛笔字摆在宿舍里，拍了照，丢进垃圾桶。我当时想，在北京师范大学的学分修完了，明天回海南岛，该把欠下的工作和家庭生活补上了。当时的我并不知道，那可能是我最后的逍遥时光。

——回到海南岛，两个月内，各种杂事席卷而来，我像经历了二十年时光，白发在疯长，睡眠越来越差。很多时候我都想在咒骂之后转身离去，让自己寻获一点人的基本尊严。可是，你知道的，我并不能那么做，我只能在内心自导自演，幻想自己还可以对很多事喊一声“去你的”。我当然再也没有时间打开电脑,写下自己想写的文字。这两个月内,我最开心的事,便是每天陪着自家小孩散步、喝椰子汁。有几回,我们带着他去海边，任海浪溅起的水花不断打在我们身上，我们叫喊着把冲上来的海浪压下去。我不喜欢长篇累牍地写那些“细致入微的情绪”,但我乐享生活中所有的小细节。

眼前的停滞状态，让我觉得,《海里岸上》和那部小长篇,或许便是近期自己最亲密的好朋友了,我会对它们多一些牵挂。牵挂多了,反而不愿说很多。有一天,我在微信上发了这么一条内容:“作家写了部作品，认为评论家解读不到位，便自己跳出来，说这是啥啥啥主义，恨不得自己给自己写篇五万字的长评；评论家搞创作了，发觉反响不如预期，也跳出来说自己写得如何充满深意、是在向谁致敬，只不过你们都读不懂。一旦细想，真让人头皮发麻啊，这不是又当运动员又当裁判员吗？”——关于《海里岸上》，我本来有很多跟作品有关的话想说，但我不想成为自己所嘲笑的那种人，不想给自己的作品贴上某个显眼的标签、指定一条进入这部作品的唯一“法定通道”、王顾左右而言他。但这些，也不是完全跟作品无关。除了《海里岸上》，我肯定还会去写一些关于大海的小说，讲述一些被风浪吞没的故事。所以，准备好吧，拎把小椅子，坐下来，不是听我讲，是听大海自己来说。

当我们倾听海潮声起伏的时候，便会知道，这是一种多么激荡、辽阔的感觉。

林森《海里岸上》：空间叙事与意蕴敞开

作者 赵依

评论

从空间叙事到文化含义

人类与海洋的关系曾伴随经济、政治、科技、文化等社会文明的历史嬗变不断变化，从利用海洋、征服海洋，到尊重海洋、亲近海洋，人类的海洋观念相应历经由求生到求真再到求善的探寻。同时，海洋题材的文学作品相应呈现经济上升时期人类顽强生存、不畏挑战的进取精神，拓展征服时期的掠夺欲望与不屈意志——而作品里近来所展现的人类对海洋越发敬重与亲近，则显示出作家更为深层的生态伦理思想和对生命意义的本真祈愿，人类与海洋和谐共处、海里岸上的美好前景等核心内容构成海洋题材创作的新风貌。《人民文学》于二〇一八年第九期刊发的林森中篇新作《海里岸上》便是这一向度上的佳作，不断切换的空间叙事和义利之辨的现代意义，以及平民英雄的朴素情感，构成小说的文学张力和精神难度。

人生存、生活于具体的空间之中，并以其行为方式与空间建立复杂联系。人对空间的经营与思虑决定着人的空间经验，空间的历史亦即人的空间经验的历史。与小说题目《海里岸上》一致，林森以“海里”空间和“岸上”空间的章节切换作为推动叙事的主要策略：

“海里”各章写老苏的出海故事，有旧时回忆里的冒险和收获，人与人之间的羁绊因生存时期的患难真诚而深刻，老苏与父亲和祖辈之间的代代相承，大吨位渔船的失事、出海岁月里对妻子的记挂、曾椰子溺亡事件中长久的自责以及不出海之后老苏对大海的向往和自我的回归等等，构成小说海洋题材的主线。

舟船是海里故事发生的重要场景，构建情节与叙事的具体面貌。古代小说中，舟船空间曾有严格的等级秩序与文化含义：船头为外，船舱为内；前舱歇男，后舱歇女；客人入舱，船户当艄。与古代舟船故事里的文化界线相重合的是，《海里岸上》延续着渔村多年的习俗，“女人不能上船……因为女人上了渔船，导致渔船如何出事的传说，从未绝过。”壮年时期的老苏，妻子是他颠簸劳顿中最苦的渴望。年纪渐大，妻子则是老苏讲述海上遭遇的忠实听众。小说写老苏一人的相思和遭遇，却也映衬着岸上女人可以想见的孤苦和担忧，渔村老百姓的生活便是如此平凡与动人。以舟船空间界线为切入点的还有曾椰子溺亡后的描述，为把尸体运回渔村，老苏把一艘挂在渔船上的小船抬上甲板，把曾椰子放进去，再以大量海盐覆盖，再用铺在船上睡觉的木板把小船盖住，并以绳子将小船捆住……我们习惯于从叙事学的角度探讨空间因素在小说中的作用，小说《海里岸上》中，舟船空间紧密勾连小说情节的展开，而舟船空间的文化属性则更为重要，隐蔽的情感与思想、生存与生命的承担，无不成为值得瞩目的文化含义。

“岸上”各章则以木麻黄林(林里祖屋)和镇上间次区隔开。阿黄、庆海爹的死，连同老苏的木根雕塑，代表着一代渔民的精神归宿和平民英雄的傲气与尊严；镇上的产业转型和老苏大儿子的生计直陈渔村传统的没落，宋记者的采访和书法家的收藏均纠葛其中，而老苏的言行取舍又生发出义利之辨的现代性光辉——面对祖辈与传统，义是《更路经》和旧罗盘；面对儿子与亲情，义是帮衬、解救和自我牺牲。《海里岸上》人物自身的价值取向和价值追求传递出作者自身深刻的价值认识和伦理思维，渔民海事的扎实叙写中透露出传统义利观发展变化的内在必然性——纵是利以生义，最终也是义利同一，把“义”作为立人之本，以义取利。

以人文性敞开

林森擅长以地域元素点缀小说的内在精神韧性，作为海南本土作家，林森的书写对象受一方水土点染，虽不作铺排的文化景观呈现，文本最终映射的文化结构和精神内里却难免原乡情结里的地域书写惯性。新作《海里岸上》则实现了对此惯性的超越，作家以宽容的笔触叙写乡民精神状态和传统礼俗文化的裂变，脱离文化保守主义思维模式的影响，静观疏离的体察态势，展现出作家逐渐博大的气象。现代性难局中，固守符号化的碎片并不能使传统的乡土重获生机，细碎的日子需要继续，而生活日复一日的展开本身就已足够慰藉。正如小说里老苏为儿子生计被迫出卖祖传之物时对自我的精神开释："人最重要。要是人都没了，留着那东西也没用。卖给懂行的人，可能保存得比留在我们手中还好。《更路经》比人活得长，我早想清楚这事了。"

《更路经》和旧罗盘是文本中最为突出的文明象征，同时也是现代义利之辨下精神危机的直接表征。小说里，砗磲加工产业在镇上发展了四五年后被突然叫停，优化的生态观念和经济结构在一时间也造成了本土投资者的生存窘困，正如传统无法抵挡现代性的强势进驻，陡然的物质解放也必将迎来纠错时的阵痛。小说里，镇上的乡民尽管哀号，却不抱怨，就像老苏的大儿子尽管生活逼仄，却无法向老苏开口变卖传家宝，一如老苏卖掉《更路经》和旧罗盘时并不多言自我内心的煎熬与疼惜，反正这两件东西真到“自己要递出时，眼前空荡，没人接手”，不禁锢于具体物件去谈文明的接续或许更具有现实的人文性，这也是小说里飞扬的大气象。

正是海里、岸上的时光，勾勒出老苏的一生，小说在不断的插叙中使老苏的人物形象逐渐丰满，故事结尾极富感染力，渔业成为小镇旅游的新特色，暮年的老苏用手抄的《更路经》和新罗盘主持了祭海仪式，登上现代渔船出海的老苏抱着自己亲手打造的船型根雕竟然像少年时那样晕船，最终，巡访于自己既定的海上坟墓。

林森以往的小说侧重于民俗传统的真切回归，而《海里岸上》的叙事则有着鲜明的时代特征。我国渔民在南海活动已有千百年，家家户户的《更路经》记载着这片海域的历史地理，礁盘、暗沙和岛屿，它们之间的距离和方向，包括针对南海砗磲、珊瑚等的开采禁令，无一不宣誓着主权："不说别的，我们一个小渔村，这些年就有多少人葬身在这片海里？我们从这片海里找吃食，也把那么多人还给了这片海，那么多祖宗的魂儿，都游荡在水里，这片海不是我们的，是谁的？”老苏在传统渔业的退却和小镇旅游业的兴起中之所以能稍显从容，无疑也源自他对南海主权的坚决捍卫和对这片海域发展的渴望与热爱，心中有落寞但更有理解和支持，渔村有遗失却更有发展和收获，这也是人类与海洋在现代背景下的和谐共处新模式。

此外，海洋题材的创作中素有海洋民族传统和爱国思想的底色，其中不乏象征着民族凝聚力和自豪感的海洋英雄形象。

《海里岸上》中，老苏这一类的渔船船长形象，承载着船员的家庭生计和生命安全，随时准备迎接可能到来的死亡，有自珍自重的尊严和深入骨髓的傲气，却又懂得急流勇退、敬畏海洋，因而得以避免大吨位渔船失事那样的悲剧。这样的平民英雄，经年累月专于生存，情感朴素，举止坚定，即便在潜隐的转型潮流中面临人伦传习的不可通约，也以更为根本的人文性思虑迈向博大——小说昭示着海洋的自然空间与人文空间的新拓展。

近代以来，海洋题材的文学创作未能得以迅速发展。上世纪八十年代，受时代潮流的推动，此类文学创作虽未脱离对固有文化的因袭和对西方文学的模仿困境，却也一度获得发展的契机，开始超越功能性的束缚而趋向文学艺术的审美境界，作家的文化积淀、思想深度也随之迎来逐渐完备的可能。当下，中国的海洋题材创作已走上独立发展的文学道路，随着对海域自然空间的深入探索、人文空间的拓展和海洋观念的科学化，现实题材的海洋文学也呈现出光明的前景。林森中篇新作《海里岸上》面向人与自然、传统与现代声息共存的现实，看似艰难的处境却不缺乏突围的精神力量，日常事体里的道义危机在潜隐的开阔中得以和解，而新的生活方式也显现出敞开的必要。

第十八届百花文学奖中篇小说奖得主林森：渔猎生存逻辑激起创作欲

作者 杨道

二〇一九年十一月十六日，第十八届百花文学奖揭晓，海南本土八〇后作家林森凭借中篇小说《海里岸上》摘取其中一朵，与莫言、蒋子龙等名作家们一起站到了领奖台上。

《海里岸上》最早刊于《人民文学》二〇一八年第九期，甫一出现，即在文学圈引起极大关注，林森也凭此作频频获奖。《海里岸上》描写了两代渔民，以及渔猎的传统与变迁。在林森看来，“小说家需要各种敏感，把一些熟悉的字组合成陌生的词，背后会隐藏很多故事。”

林森小说基调低沉，大多描写海南在社会转型时期的农村和都市生活，展示现代思潮和物质文明同中国传统文化的冲突。他一直在追溯自己内心的本源和文化的思想焦虑。有人说，林森是用独特的写作来回馈他生长的海岛。十一月二十二日，林森接受了记者专访。

创新题材与表达

《海南周刊》：《海里岸上》在《人民文学》甫一发表即引起强烈的反响，你认为它能引起轰动的根本原因是什么？它和你之前的另几部小说有何相异之处？

林森:《海里岸上》确实是我发表或出版的作品里，较为引人注意的一部，自二〇一八年在《人民文学》第九期上发表后，先后有五家选刊转载、获得了六个奖。在我自己来看，这只是我写作过程中的一部作品而已，未必就是自己最喜欢的那篇——但作品跟人一样，有自己的运气。在我看来,它能引来一些关注,主要在于两点:一、题材之新;二、表达之新。《海里岸上》被注意到，说明了读者一直在期待着文学的变化。

《海南周刊》:《海里岸上》写作的初衷是什么?你之前曾提及,《海里岸上》最初的名字是《更路经》。前两年,《更路簿》在海南是一个很热的话题,你创作《更路经》的最初灵感是否来源于此?

林森:我关注《更路簿》是在好些年之前了,比所谓"《更路簿》热"要早得多。小说家需要敏感性,我首先是被"更路簿""更路经"这些词所吸引,总觉得这些熟悉的字组合成了陌生的词,背后隐藏着很多的故事。我对《更路簿》本身的兴趣没那么大,其背后的渔民在大海之上的生存逻辑、生存努力,才是我最感兴趣的。

《海南周刊》:看过一篇关于你的文章,说你在北京城行走时,会有“晕城”的感觉,很烦躁。作者由此认为你的小说会有隐喻的意义,而《海里岸上》印证了他的这种想法。你是否认可他的说法?

林森:“晕城”这个玩笑似的说法,其实来自韩少功老师的《马桥词典》,他用的是“晕街”。其实,写那篇评论文章的作者,他可能从我不太适应北京的喧闹,觉得我可能会在“边地”发现一些更独特的东西。评论者的观点,作者认可不认可都不重要,他们有自己的角度。

《海南周刊》:你以前的小说对于民俗

传统似乎较为侧重,《海里岸上》在场域上显然更开阔,对现实也有更深刻的解读。这是一个极大的突破。你是怎么做到的?

林森:我对写民俗兴趣不大,小说里涉及的一些,纯粹是表达的需要,是想考察,在那种环境下的人,他们怎么思考?他们的情感如何? 而且,其中一些,也并非所谓的民俗,作为小说作者,我不会照搬现实,里头的不少所谓民俗的场景,其实是虚构的,不能当真,不能和现实里的民俗互相印证。《海里岸上》由于把生存场域放置在南海,放置在海天一色的波涛之间,自然就有了开阔的空间——尤其, 对于习惯了农耕的中国作家来讲，大海还是一片宽广、未知的领域。

用小说跟世界谈，用诗歌跟自己聊

《海南周刊》：从散文《草原暮雨》中，可了解到你读了不少武侠小说。哪位作家或者哪些作品对你后来的小说有影响？

林森：我是武侠迷。少年时在小镇出租店里能看到的，都是武侠小说，后来之所以写小说，跟早些年的阅读经验当然是有关系的。而且，不仅仅是我，不少七〇后、八〇后的作家，都热衷过武侠小说，只不过后来有不少人不愿提及了。我十几年前，就在

《青年文学》发过纪念古龙的文章;二〇一八年金庸先生过世，我也很快约了国内一批青年评论家、作家,在《天涯》二〇一九年第二期,刊发了一个纪念的小辑。在武侠小说家里,我最喜欢的,是古龙。

《海南周刊》:你从什么时候开始文学创作?据了解，你大学学的是水产养殖专业。你学的专业与你后来从事的专业之间跨度有点大,你是如何跨越的?

林森:初中时候看武侠小说,写过武侠故事,没完成。高中也写过小说、散文什么的。觉得学水产养殖专业和文学创作之间跨度大,有时也是一种幻觉,可能我们永远也没有一个最适合产生作家的专业——有不少人甚至还说“中文系不培养作家”。我自己看来,写作是一直在进行的,读“水产养殖学”,反而可能是误入歧途。可现在,我在小说里关注、书写大海的时候,谁又能说,我当时在“水产养殖学”专业里听得半懂不懂的东西,对我没有益处呢?对于作家来讲,所有的经历,都能转化为写作的资源。

《海南周刊》:你还写过诗,也出过诗集,后来为什么不写了?能否说说你对这两种文本的认知?

林森:我还一直在写诗啊,只不过没有

拿出来发表而已。对我来讲，诗歌变得越来越私密，越来越和别人无关，跟别人没法儿谈，连发表的兴趣都没有了。我用小说跟世界谈一谈，用诗歌跟我自己私聊。

《海南周刊》：有人说，你的小说在“轻”与“重”的处理上没有平衡好，整体过于沉重。你自己认为呢？此次的获奖新作《海里岸上》是否已达到一定的平衡？

林森：对于阅读感受，每个人都不一样，每个人的偏好不一样，很正常。作家也不是在走平衡木，按照自己的想法写即可，有不少人永远喜欢轻飘飘的东西、永远喜欢鸡汤和疗愈——市场上卖得最好，多是没有重量的。但，也得有人去思考点问题，对于作家来讲，当你准备思考的时候，大多问题都不会很轻松。《海里岸上》里有很浪漫甚至很诗情的东西，但不一定所有人都看得到。

过分远离日常，人会被抽空

《海南周刊》：身兼杂志编辑与作家双重身份，你认为两者之间有何异同？你的职业会对你的创作产生怎样的影响？

林森：编辑可以扩大视野，知道中国作家在写什么、写得怎么样；编辑工作也消磨写作兴趣，能杀死写作之心。摩擦和促进永远同时存在，得处理好。

《海南周刊》：微信朋友圈中的你，天天下厨、带娃去喝椰子水，还会画画，可谓是多才多艺的超级好父亲。说说你平时是如何平衡作者、编辑与奶爸的角色的？将来是否有当画家的想法？

林森：不用平衡，该干吗的时候干吗。在办公室，就认真处理工作；回家里，就当好一个家人的身份；有一块独处时间，那就写一写。有不少写作的人，闻不得油烟味、听不得小孩吵，我还好，对我来讲，下厨做出一道让小孩子一扫而光的菜，跟写一部好小说的成就感是一样的。我们当然要警惕自己被日常生活磨光激情；可我们同时也得警惕，过分远离日常，人也会被抽空，其思考也往往虚空、无力。能够扎得进，该抽身时能抽身，是一个成熟写作者的基本要求。画画、写书法，都是一种调剂，会让人放松。画家是当不了了，什么时候能给自己的书画画插图，就很好。

《海南周刊》：接下来，有什么新的写作计划？

林森：手头有一两部中短篇，开了头，总写不完，想写完它们。长篇小说《岛》刚刚在《十月》杂志发出，处于疲惫期，近期没有写长篇的打算。